无色男女

女人专属的友情经营书

柏燕谊　著

上海三联书店

目 录

前 言

　　密友，这似乎是一个陌生的词汇。我们知道发小，知道死党，知道哥儿们，知道闺蜜，却很少听说过"密友"。其实，密友和这些有某种联系。望文生义，密友就是亲密的朋友，所以，发小、死党、哥儿们，都有可能是密友。密友涵盖这些，但又不止这些,同学、同事、亲人、长辈都可以成为你的密友。只要和你谈得来，志趣相投，人人都可以做你的密友。

　　而男闺蜜就更让我们感到陌生了，甚至觉得不可思议，闺蜜还可以是男性？男性也可以做闺蜜？我们心里不禁打了两个大大的问号。

　　其实，在很多领域，男闺蜜早已十分常见。

　　在影视剧里，那些女主角的身边，总会有一个招之即来、挥之即去的异性朋友，无论搬家、渴望倾诉、寻找走失的爱狗，只要一个电话，他们就会出现在女主角面前。即使一些隐秘的话题，这些男闺蜜也能给女主角提供最合理的建议……

　　再看看娱乐圈，众多女明星都拥有男闺蜜，陈坤是赵薇的男闺蜜，

1

前　言

任泉是李冰冰的男闺蜜，罗志祥是蔡依林的男闺蜜，蔡康永是小 S 的男闺蜜……男闺蜜已经频繁出现在时尚的娱乐圈了。

有影视剧和娱乐圈的示范，现实中的女性也不甘落后，这股潮流先刮到了大都市，北京、上海、广州的白领女性们，下了班不再是和闺蜜逛街，而是和男闺蜜喝茶；有了烦恼不再是向闺蜜倾诉，而是去找男闺蜜"取经"。这些大都市的女性,如果哪位说自己还没有男闺蜜，那么你落伍了；如果哪位还没听说过男闺蜜，那么你"OUT"了。

也许很多人无法理解，有闺蜜，为什么非要找男闺蜜？有老公，为什么还要找男闺蜜？难道她们不怕遭人非议？难道她们不怕老公吃醋？难道她们不怕影响自己的工作、生活、情感和家庭？

如果你有这样的疑问，那说明你还不了解男闺蜜，你把男闺蜜等同了一个暧昧的男人，一个出轨的对象，一个潜在的第三者。其实，男闺蜜不是这样的。他是一个健康的、阳光的、对女性的生活有益的异性朋友，他虽和女性来往密切，但永远保持着一定的距离。

正如许多女人所说："我的男闺蜜在我眼里好像是没有性别的，我只拿他当作最好的朋友，忘记了他是男是女。"的确，很多女性和她的男闺蜜在一起十多年，但依然只是朋友。

其实，男闺蜜是这样的：他没有"蓝颜知己"那么暧昧，但比"灵魂伴侣"更接地气，更比"爱情备胎"多几分亲密。他的正确定义就是：和女性之间保持一种十分亲密的友谊关系的男人。你和他可以像闺蜜那样亲密，但又保持着男女之间的距离。

这，就是女人的男闺蜜，坦诚、纯粹、真实。女人的一生如果有这样的男闺蜜相伴，是人生一大乐事。但女人的生命中还有一个更重要的男人，这就是自己的老公。老公和自己感情笃深，是任何人都无法替代、无法超越的一份依赖，就算男闺蜜再密，终究密不过老公。

老公和男闺蜜不是一对冤家，他们可以是朋友，也可以是陌生人，只要他们愿意，他们就可以相安无事，而得益的是女人。老公在左，男闺蜜在右，这真是惬意的人生。左手老公，情牵一生，右手男闺蜜，一路同行，这是女人的最佳人生。

每个女人都需要男闺蜜

对现代女性来说，男闺蜜不是人生的奢侈品，而是人生的必需品。没有男闺蜜，你的人生将充满遗憾，有了男闺蜜，你的人生将更加圆满。男闺蜜，每个女人都需要。

第 一 章

男闺蜜，我们都需要

男闺蜜，当我说出这个词时，无论是男人或是女人，未婚或是已婚，相信大多数人会用质疑的眼光问："这个，可以有吗？"

在侧重于精神领域交流，彼此保持着一定距离的红颜知己和蓝颜知己尚未完全被人们接受时，频繁出现于我们生活中的异性密友，有存在的空间吗？

女人的男闺蜜，会不会成为女人红杏出墙的缘由？会不会成为女人心灵出轨或肉体出轨的对象？会不会成为女人的"备胎"？会不会成为女人和老公发生矛盾时情感寂寞的填补品？甚至会不会在这个时候乘虚而入，取代老公的位置？

人们为何对"异性密友"如此敏感？其一在于"异性"，其二在于"密友"。在中国这个传统社会，女性能够拥有"异性朋友"也是近几十年才被大家接受的事实，而如今，女性不仅要拥有异性朋友，还要拥有"男闺蜜"，这，不禁令众多朋友表示不解，而女人的老公们更是频频摇头，甚至愤怒地叫嚣："她要有男闺蜜？那她要把我置于何地？"

的确，人们对"异性之间的单纯友谊"尚且表示怀疑，现在，女人要拥有关系密切的异性朋友，这就更加让人难以接受。

但是，无论大家对男闺蜜如何不能接受，男闺蜜却已经在不知不觉中走进了我们的生活。"存在即合理"，这真的不是狡辩。尤其是在北京、上海、广州这样的大都市里，"男闺蜜"早已不是什么新鲜词，它是男男女女中一种常见的生活状态。而在时尚前卫的娱乐圈里，男闺蜜也早已流行开来。

随着社会不断发展，变得越来越开放，西方的观念对我们的生活和思维方式的影响越来越大，人们的心态越来越宽容，对友情的尺度也越来越大。用简单的一句话来说，就是——男闺蜜随着社会的发展已自然而然地出现在我们的生活中。男闺蜜的风行，标志着女人对于异性情感的享受进入了"小康"时代。

这时，男人们变得越来越自信，对女性的交友越来越包容；女人们变得越来越坦然，交一两个男闺蜜也不再躲躲藏藏。

如果说蓝颜知己是停留在若即若离的情感状态的，那么男闺蜜则是坦坦荡荡地出现在我们的生活中的；如果说蓝颜知己只是手机里一个不常拨通的电话号码，那么男闺蜜则是随传随到的"110"；如

第　一　章

果说蓝颜知己是我们心中不敢向老公提及的名字，那么男闺蜜则是一团温暖的无需用纸包住的火，甚至可以是老公熟识的朋友。

这一切都说明——男闺蜜可以有。

或许你会说，好吧，男闺蜜可以有，我接受这个事实，但是，我不需要。先别急着否定，让我们来看看这个故事。

小兰的老公是个研究生，学识丰富、气质儒雅，在一科研单位从事研究工作。小兰就是被老公的才华和儒雅的气质所吸引。他上知天文下知地理，说起国家大事来滔滔不绝，写起论文来文笔流畅，收入也颇丰，是个难得的好老公。别人都说小兰的老公简直就是完美型男人。

只有小兰知道，老公不完美。他是有很多显而易见的优点，但同时也有他人看不到的缺点：缺乏动手能力。让他做个饭，他能把厨房弄得乱七八糟、一片狼藉，有一次甚至差点把厨房都炸了。家里的电视、空调有点小毛病，让他修一下，他束手无策，更别说让他干点力气活了。

老公的这些缺点，小兰也偶有埋怨，但她也知道人无完人，各有擅长的地方和不擅长的领域。老公能用他擅长的东西养家糊口已经很难得了,不能要求太多。

但是,家里若碰到一些具体的小困难该怎么办呢?小兰有办法。她有个从小就一起长大的发小刘峰,从小就爱捣鼓家里的东西,自学能力和动手能力都很强,高中毕业后没考上大学,上了一个维修班,现在开了一个维修部,修理电视机、洗衣机、空调什么的,生意也经营得红红火火。刘峰从小就跟小兰感情很好,小兰结婚后,他跟小兰说:"以后有什么事言语一声,随叫随到。"

所以,小兰如果有了什么事,老公没时间或者干不了,她都会叫刘峰来帮忙。家里水管坏了,空调不制冷了,甚至马桶塞住了,小兰都会第一时间拨通刘峰的电话。刘峰一来二话不说就干活,干完还不许小兰说谢谢,说:"就凭咱俩的关系,说谢谢就见外了。"小兰娘家的事刘峰也是义不容辞,他帮小兰解决了很多生活中的问题。

有时小兰偶尔和老公闹矛盾,也会向刘峰诉苦,刘峰总是劝她:"你知足吧,找个这么有学问的老公,这么能赚钱,还埋怨。你如果找了我,才让你后悔死呢。"

刘峰的劝解,让小兰的心情顿时多云转晴。刘峰成了

第　一　章

小兰生活中不可缺少的朋友，小兰的老公也和刘峰成了朋友，常常在一起吃饭喝酒。小兰的老公对刘峰说："你就是我老婆的男闺蜜，若没有你的存在，是她的一大损失。"

刘峰也对小兰的老公说："对，我们是永远的朋友，而你是他永远的老公。"

看完这个故事，你还会说"我不需要男闺蜜"吗？小兰的老公是个优秀的男人，但不能解决她生活中的所有问题。你的老公可能也一样，再有本事也不是十项全能：也许，他工作能力很强，但你需要他的时候，他能刚好在你身边吗？也许，他能把你的生活照顾得无微不至，但他能倾听你内心所有的感觉，解开你内心所有的疑惑吗？也许，他既能在生活中照顾你，也能在精神上抚慰你，但他能解决你们生活中的所有难题吗？特别是当你和老公发生矛盾的时候，你难道不需要找一个比你更了解男人的诉说对象吗？

老公自有吸引我们的特质，但我们同时也可以欣赏他人；老公是我们世界的中心，但却不是我们世界的全部；老公充实了我们的生命，但男闺蜜丰富了我们的世界；老公陪伴我们左右，但男闺蜜会在我们需要时自然降临。

　　我们需要男闺蜜，这不是欲望的无限需求，而是生活品质的追求和生命的要求。结了婚的女人很容易失去自我，成为"三转女人"——围着老公转、围着孩子转、围着锅台转。狭窄的生活和狭隘的自我使我们的生命品质在降低，这时候出现的男闺蜜，就会提醒我们生命的诉求有很多。老公是我们的依赖，但不是我们生活中的唯一。老公是我们生命的核心，而男闺蜜同样是我们生活中不可缺少的一部分。老公闯进了我们的生命，牢牢盘踞在我们内心的中央，而男闺蜜走进了我们的生活，自自然然出现在我们需要的时候。

　　既然我们需要男闺蜜，可是为什么还是有很多女性没有男闺蜜，甚至非常排斥这三个字？原因很简单，传统思维让我们觉得：婚后和一个异性保持密切的来往是不妥的，甚至是不道德的。我们担心这样会引起老公的不满，甚至是猜测和怀疑。我们把所有的时间和精力留给了老公和孩子，没有时间分给其他人，就算男闺蜜可以给我们的生活增添色彩，我们也无暇顾及。

　　其实，一个健康的人的心态是开放的，一个健康的婚姻同样是开放的，男闺蜜是每一个女人身边充满阳光的一个朋友，也可以是

每一个女人的老公的朋友，当三个人都能以健康的心态面对男闺蜜
这个身份时，女人当然可以有男闺蜜。并且实际上男闺蜜也是每一
个女人都需要有的。

真正的男闺蜜都是女人专家

不是每一个男人都能成为女人的男闺蜜，女人的男闺蜜一定有他可"利用"之处：要么是拥有一技之长，能为女人解决生活中的小困难；要么是拥有一身力气，能为女人搬搬抬抬；要么是拥有满腹才华，能为女人解疑释惑；要么是具有侠肝义胆，能在女人最需要他的时候挺身而出。同时，他还必须善良豪爽、充满热情，和女人友情深厚，这样才能在女人需要时随传随到。

如果用最简单的语言来形容女人的男闺蜜，那就是——这样的男人一定不是庸常的男人，他一定有"特别"之处。因为，女人是感性的、复杂的、敏感细腻的，她们需要的不仅仅是一个免费的义工，也不仅仅是一个动不动就给自己上课的老师，而是能够站在自己的角度理解自己的人。这样的一个人不可能不了解女人。或许，他比女人还了解女人，他比自己的老公还了解自己。

用一个词来形容这种男人，那就是——女人专家。

女人专家，在某些人的眼里似乎不是什么好词儿。因为，在一

9

第 一 章

些人眼里，能成为女人专家的男人，必然接触过无数女人，不然他没有途径去了解女人。既然是接触过许多女人，会不会"凡经过必留下痕迹"，甚至是"劣迹斑斑"？这样的一个女人专家，值得信赖吗？能够成为让我们放心的男闺蜜吗？

凡事没有绝对。女人专家也有无师自通的，也有间接得来经验的，也有就算接触过无数女人但是知道把握分寸的。在女人专家里也有不失品行端正、心地善良、经历单纯的好男人。

某些女人专家，只是因为自己的工作需要接触到很多女人，再加上自己善于和女人打成一片的性格，因而成了一位女人专家。

这几年，娱乐圈有一个词特别流行，女明星的"男闺蜜"，也就是女明星的异性密友。例如陈坤是赵薇的男闺蜜，任泉是李冰冰的男闺蜜，蔡康永是小S的男闺蜜，罗志祥是蔡依林的男闺蜜，何炅是谢娜的男闺蜜……如果在这些男明星中选举一个最佳男闺蜜的话，何炅一定会以高票当选。

何炅之所以能当选最佳男闺蜜，在于他在娱乐圈混迹多年，由于工作需要接触到众多的女性，女性密友也很多——李湘、吴昕、谢娜……和众多女性的相处经验，加

10

上善良、热情、豪爽的性格，愿意主动去了解和帮助女人，使何炅成了一个不折不扣的女人专家。

这位女人专家和谢娜的关系尤为密切，用谢娜自己的话来说就是"除了睡觉都在一起"。何炅把谢娜介绍到湖南卫视《快乐大本营》节目做主持人，使谢娜在事业上取得了巨大的成就。最重要的是，这位男闺蜜在谢娜的情感经历中扮演了重要角色：在谢娜失恋时他陪伴在她身边，充当她情感的垃圾桶，为她排忧解闷。

后来，何炅又给谢娜介绍了她一生中的真命天子——张杰。谢娜和张杰交往的过程并不顺利，两人中间几度分手，谢娜的心情自然也是在喜忧之间交替。不过，无论喜怒哀乐，谢娜都会与何炅分享，而何炅这位女性专家非常了解女人，总是用他男性的视角以及对女性的诸多理解给予谢娜许多建议和关怀，并鼓励谢娜勇敢地走下去，直到谢娜和张杰最终结成正果。

何炅这位女性专家不仅是谢娜的男闺蜜，也是谢娜的老公张杰的好朋友，他们三人之间坦诚、健康的关系令人羡慕。

第 一 章

何炅和谢娜之间的关系说明什么呢？说明男人和女人之间真的存在单纯的友谊，说明何炅是谢娜不折不扣的男闺蜜，而这个男闺蜜真的是一个不折不扣的女人专家。

现代社会什么样的男人最受女人欢迎？

个子高？也许中看不中用；帅哥？那只是浮云；多金？不能买来心灵的抚慰。而有一种男人，他们了解女人、理解女人，善于和女人做朋友，懂得如何去关怀和体贴女人，这样的男人是现代女性最为欢迎的对象。这样的男人就是像何炅一样的女人专家。

为什么这些女人专家会成为女人"抢手货"？

一方面他们有着和闺蜜一样纤细的神经，能够发挥和闺蜜同样的作用——和女人分享生活中的许多内容，感受女人细腻的心思。同时，他们又有着闺蜜没有的作用——他们男性的粗线条使他们比较理智、不计较小事，不会太敏感，能够给女人更客观、更正确的意见。

重要的是，这些女人专家了解女人、懂女人，尤其了解经常在他们身边的这些女人。我们不能否认，有些男人天生就善于和女人相处，他们能够很自然地融入女人的圈子，了解女人的生活，甚至走入女人的内心。他们的情商极高，对女人的性格、心理把握非常准确，同时又非常关心体贴人。

这些女人专家虽然和女人关系密切，但他们很懂得把握分寸，人品又极好。所以，女人非常信任他们，愿意把自己的一切拿来和他们分享。

为什么女人专家才是女人"真正"的男闺蜜？

因为"免费的义工"只能帮女人解决生活中的困难，而无法帮女人解决心理问题；男人专家能帮你理清楚你老公身上的问题，却未必有那么懂你；亦师亦友、亲人型的男闺蜜总有一些高高在上的距离；博学多才型的男闺蜜总是会不由自主地炫耀自己。

只有女人专家型的男闺蜜最了解女人的心理，和女人最没有距离，和女人之间的关系最平等，最像朋友，这几个"最"，使女人专家在"谁是女人真正的男闺蜜"的角逐中力拔头筹。

女人专家身上的优点实在是太多了——善于了解女人、理解女人，温柔体贴，心思细腻，富有内涵，善良热情，乐于助人，能够站在不同的角度给女人中肯的建议，善于和女性相处。

从这些特质看，这些女人专家近乎是一个完美的男人。当然！否则，他们怎有资格成为女人真正的男闺蜜？

也许这时，你心里的那个隐忧迫不及待地想要跳出来——既然女人专家这么完美，这么优秀，女人会不会被这些具有完美倾向的女人专家所吸引？而这些女人专家会不会超越男闺蜜的尺度，使单纯的友谊滑入不堪的境地？

这是不太可能的。女人专家们之所以成为某个女人的男闺蜜而不是恋人，就在于他和女人的感情仅仅停留在密友的状态。他们接触众多女性，有着良好的自律能力，不会也不愿更不太可能超越密友这个尺度！正如何炅对于谢娜，他们认识十几年，要想发展成恋人早有机会，但事实上二人的感情性质一直没有改变。

拥有一个女人专家型的男闺蜜，对于女人来说是一种幸运，因为从这个男人身上，你可以得到从自己老公身上得不到的东西。这不是一种贪婪，而是一种弥补;这更不是无耻，而是完善自己的人生。

结了婚的女人，不能因为进了围城就放弃了俯瞰世界的机会，不能因为拥有了老公就失去了欣赏其他男人的权利。一叶障目会使你的眼光变得狭隘，心胸变得狭窄。所以，女人身后若能站着这样一个女人专家型的男闺蜜，人生意义就会更趋完整。

男人专家的他，也可以做男闺蜜

女人专家，当然是最受女人欢迎的男闺蜜。那么女人们会说："请给我一个这样的男闺蜜吧。"这恐怕要让大多数女人失望了。因为，不是每一个男人都能成为女人专家，这需要环境，需要经历，需要悟性，还需要合适的性格。因此，这样的极品男人是少之又少，也不是每一个女人都能够有幸遇到。

男人们成为女人专家的概率并不大，但成为另一种专家的概率要大得多，那就是——男人专家。

身为男人，了解男人这个群体，一定比了解女人这个群体要容易得多。他根本就不需要刻意地去学习、去了解，就可以做到无师自通，只要以己推人就可以很容易地掌握男人的规律、了解男人的心理。除了那些天性混沌的人，大部分男人都可以成为男人专家。

男人专家很了解男人，却不太了解女人，他能做女人的男闺蜜吗？能对女人的生活有帮助吗？让我们来分析分析。

女人在生活中会遇到很多问题，但最大、最多的问题都和男人

第　一　章

有关，因为女人一生都离不开男人。父亲、兄弟、男朋友、老公，尤其是男朋友或老公，他是我们生命中最重要的男人，我们的大半生都和他有着数不清的爱恨纠缠。

有时，他让我们看不清、想不透、理解不了。在漫漫人生路上，我们总是对他有着或多或少的困惑和迷惘，甚至还有误会。这些使我们感到不快乐、不幸福，我们需要一个更了解男人这种特殊动物的人，为我们指点迷津、拨开迷雾。而这时，如果有个男人专家在我们身边为我们指点一二，或许就会对我们有很大的帮助。

因此，我们需要一个男人专家型的男闺蜜，这个男人专家一定会为我们解答有关男人的诸多问题。

惠玲和老公是大学同学，无论婚前婚后，两个人一直是恩爱有加。结婚后惠玲在工作上的表现越来越出色，渐渐由普通职员升为主管、部门经理。而老公呢？几年过去了依然是普通职员，收入比惠玲少了一半。但惠玲从来没有挑剔和埋怨过老公，对老公依然是那么好，经常给老公买这买那，知道老公收入不高，所以自然而然就负担了家里大部分的开支，还有事没事地给公公婆婆塞钱。惠玲觉得这样才是真正爱老公。

　　有一次，惠玲带着老公去参加她们公司的聚会，聚会上精英云集，有人问惠玲的老公："先生在哪里高就啊？"

　　惠玲的老公随意答了句："一个小公司。"

　　对方哈哈笑着说道："您真是谦虚啊，惠玲的老公即便是在小公司谋职，也肯定不是经理就是总监，否则怎么HOLD住我们惠玲呢？"

　　惠玲的老公低着头，沉默不语，惠玲赶快拉着老公走开了。

　　这次聚会回家之后，惠玲的老公特别沉默，几天之后他向惠玲提出了一个令她无论如何也想不到的问题——离婚！这对惠玲来说无疑是晴天霹雳，她怎么也想不明白她对老公这么好，换来的竟然是离婚。

　　上班时，惠玲魂不守舍，她在想自己和老公认识到现在已经将近十年了，感情一直都很好，为何他非要离婚。问他，他也不说出来。惠玲找来了自己的工作搭档陈家正。陈家正不止是惠玲的工作搭档，还是她多年的男闺蜜。这些年来，惠玲无论是在工作中还是在生活中遇到了什么问

第　一　章

题，都会跟他说一说，听听他的意见。

陈家正听完了惠玲的诉说，只问了一句："你觉得他还爱你吗？"

"当然，我觉得我们的感情并没有出现问题。"

"如果这样的话，他和你离婚只有一个原因——面子，男人的自尊心！"

接下来，陈家正仔细给她分析男人的心理："你的收入比他高，担负了大部分的养家糊口的责任，使他感到自己在家庭中的作用越来越小；你给他买这买那，照顾他的家人，剥夺了他作为男人的付出的权利；你带他出席精英们的聚会，让他看到了自己和他人特别是和你的差距，感到了莫大的压力。这一切都让他觉得自己无能，面子受损，自尊心受到了伤害。他只有离开你，才能活得舒服一些，才能找到男人的自尊。"

"哦！"惠玲恍然大悟，"那我应该怎么做呢？难道就真的答应他离婚吗？"

"当然不能轻易离婚，你们的感情还在。你现在要做的是从今天开始，不要再对他那么好，不要再给他买东西，

18

不要再关照他的家人，家里的开支只要他能负担的就让他去负担。然后你要默默地关怀他、鼓励他，在工作上帮助他，给他寻找事业上的发展机会。但一定要注意，这些要暗地里做，不要让他感觉到你在帮他，要让他认为那些成就是自己努力取得的。只有这样，他才能找回男人的自尊，才能用一种平等的心态和你相处，才能挽救你们的婚姻。"

"嘿！"惠玲高兴地捶了陈家正一拳，"你怎么这么懂他的心理啊？我从来都没想到过对他太好反倒会让他不舒服。"

"当然了，我是男人嘛！当然懂得男人的心理。照我的话做，相信你们的婚姻还有救。"

惠玲照陈家正说的去做，把老公推到了家庭的前沿，让他承担起更多家庭的责任。同时有意无意地鼓励老公跳槽，并在老公事业的选择上给了合理的建议，老公面试时帮他制作简历，使他赢得了机会，又在老公工作忙碌时承担了大部分的家务，有机会就暗示老公是个很棒的男人。一年后，老公在工作中取得了不小的进步，心情变得越来越好，再也没跟惠玲提过离婚的事儿。

惠玲想起这个过程不胜唏嘘，她最要感谢的当然是他

第 一 章

的密友陈家正。她对陈家正说："如果不是你在那么关键的时候为我出谋划策，给我最正确的建议，我的家庭可能早就破裂了。"

陈家正哈哈大笑道："密友是什么？就是要在你最需要的时候给你帮助，助你渡过难关！"

惠玲的故事说明了什么问题？一个男人专家的男闺蜜，在女人人生的关键时刻能起到很重要的作用。

男人了解男人，这是一种本能。男人最容易掌握男人的世界，也最懂得男人的心理。女人们关于男人的众多百思不得其解的问题，到了男闺蜜那里就变得再简单不过了。他们寥寥数语就能为你把脉，轻而易举就能指出你的问题所在，并能很快帮你找到解决问题的方法。

男人专家做女人的男闺蜜，最容易帮女人解决的当然是女人和男人之间的问题。女人无论是婚前还是婚后，最容易碰到的问题都和男人有关，这些问题会让女人变得迷茫、痛苦、纠结，如果不及时得到解决，会严重影响我们的生活和身心健康。

这时，如果有一个男人专家做自己的男闺蜜，这些问题自然就有了最佳的倾诉渠道。无论是单纯的宣泄还是渴望得到指点，相信男人专家的男闺蜜都不会让你失望。

所以说，男人专家也可以做女人的男闺蜜，而且会是一个相当不错的男闺蜜。无论你是和老公之间出现了问题，还是和男同事之间出现了问题，或是和自己的父亲、兄弟之间出现了问题，这位密友都能以男人对男人的理解给你最中肯的建议。

如果你身边有这样一位男人专家，请不要忘了，把他引为自己的男闺蜜。

第 一 章

男闺蜜，女人最可信赖的情感顾问

感性的女人一生最容易遭遇到什么问题？情感问题。女人很容易在情感的沼泽中泥足深陷，很容易在情感的漩涡中迷失方向，更容易在情感的打击下痛不欲生。至于在平时的生活中遇到的情感小困惑、小纠结就更多了。

无论女人多么知性、多么洒脱、多么温柔、多么坚强，都会遇到种种的情感问题，很少有女人能在这些情感问题面前理清头绪，并自治、自愈。所以，每一个女人都需要一个情感顾问，这，几乎是毫无疑问的。

谁适合担负起我们的情感顾问的职责？

父母吗？No！

我们怎能让父母为我们操心，陪着我们痛苦纠结。况且父母和我们时代不同，他们能够理解我们的情感状态吗？他们能够认同我们对情感的选择吗？他们能够给我们恰如其分的建议吗？显然不能！

兄弟姐妹吗？No！

情感问题是我们内心最隐秘的话题，似乎不太愿意让比较亲近的人知道。越是亲近的人，我们越难启口诉说，因为过多的关心会让我们压力更大。更要注意的是，不能通过他们之口让父母知道我们失恋了、离婚了，为我们难过。所以，兄弟姐妹也不能！

闺蜜吗？No！

她们会陪着我们一起掉眼泪，一起骂那个混蛋，一起唉声叹气，一起找那个混蛋算账，一起喝酒颓废，但很难给我们更多的正能量，帮助我们从糟糕的情感状态中走出来。闺蜜，显然也不能！

那么，谁可以？

男闺蜜！

为什么男闺蜜可以？因为，他是我们最亲密的朋友，所以他了解我们，能够帮我们剖析自我，指出我们身上的症结所在；因为他是我们亲密的朋友，所以他能站在我们的角度感同身受，给我们充分的理解和关爱；最重要的——因为他是男人，所以他更了解和我们发生情感纠葛的那个男人，能够从不同的角度和视野帮我们解疑释惑，指点迷津，找到良方。

第　一　章

男闺蜜，当然是我们最可以信赖的情感顾问！

　　小惠最近有些闷闷不乐，和老公结婚两年了，但她却觉得两人之间的感情越来越淡了。虽然老公每天正常上下班，但回到家后话却越来越少，吃过饭后看会儿电视、上会儿网就睡了，和她之间的交流仅限于必要的几句公式的话，亲热体己的话更是许久都没听他说过了。

　　小惠很是纳闷，最近他没和老公吵过架，也没有过任何矛盾和摩擦，为什么老公对她冷淡了呢？

　　她想不明白，于是打电话给自己的男闺蜜董林。董林问："他是不是有外遇了？被别的女人吸引了，因此忽视你了，你观察一下他的生活细节。"

　　于是小惠开始留心观察老公。老公每天下班就回家，双休日基本上也在家，想去和别的女人约会也没时间啊。趁他不注意的时候，小惠又检查了他的包、手机和衣服，也没发现任何异常现象。

　　小惠于是又请教董林，董林说："单位？问题会不会出在你老公的单位？"

24

于是，有一天，小惠以忘了带钥匙为借口突袭老公的单位，远远就看见老公和一个女同事谈笑风生，老公脸上那灿烂的笑容小惠许久都没有看到过了。小惠不禁心里动气："在家里你都没对我笑过，对别人你笑得这么开心。"

但小惠心里气，表面上还是很理智，她并没有当众指责老公，回到家后也没有向老公打听那位女同事。不过小惠心里还是堵得慌，于是她又向董林诉苦。

董林对她说："你做得对，千万不要在他人面前指责你的老公，给他难堪，尤其是在还没弄清楚事情真相之前。按我的理解，你老公并没有发生外遇，那位女同事只是他比较谈得来的一位女同事而已，他们之间应该没什么。你老公目前的状态应该是工作压力过大，也可能是结婚久了一种自然而然的倦怠，这种状态我也曾经有过。你现在要做的是，什么都不要问、不要说，默默地关心他，让他自然而然地度过这段时期。"

董林的话让小惠的心踏实了不少。她不再多想，而是一心一意地照顾老公的生活，极尽温柔、细心和体贴，还带老公到他们谈恋爱的地方重温旧梦，老公的状态果然改变了不少。几个月后，小惠怀孕了！这个消息让小惠的老公乐坏了，他天天合不拢嘴，体贴地照顾小惠。那个爱她的老公又回来了。

小惠的生活之所以能恢复甜蜜，她的男闺蜜董林功不可没。

想想看，如果小惠在觉得老公冷落了自己的时候，不是向自己的男闺蜜倾诉，而是告诉了自己的父母，那会发生什么情况？爱女心切的父母很可能会怒气冲冲地找小惠的老公算账，质问他为什么不好好对自己的女儿，让自己的女儿受委屈。那就会让问题由小变大，向坏处发展。

如果，小惠不是向自己的男闺蜜倾诉自己的情感问题，而是把自己和老公之间的事情告诉了自己的哥哥或弟弟，那会是什么后果？冲动的哥哥或弟弟为了帮自己的妹妹或姐姐出气，可能会把小惠的老公打一顿，被打得鼻青脸肿的老公会原谅小惠的无中生有、小题大做吗？小惠能不心疼自己的老公吗？事情又能得到妥善的解决吗？

如果小惠在发现老公和女同事谈笑风生的时候，不是向男闺蜜请教问题，而是告诉了自己的闺蜜，那又会是什么情况？义愤填膺的闺蜜可能会撺掇小惠和自己的老公闹，和老公那位女同事闹，为了一件本来莫须有的事情和老公撕破脸，把自己和老公的关系弄到不可收拾的地步。

这些是小惠想要的结果吗？显然都不是！

小惠是聪明的。她知道，在面对自己的情感问题、婚姻幸福时，父母不可能沉得住气，兄弟可能会更冲动，闺蜜也不可能太理智，只有自己的男闺蜜才能站在男性的角度给自己最正确的建议。因为他是男人，所以他最了解男人的情感；因为他是男人，所以他能比较理智；因为他是和自己没有血缘关系的男人，所以他能比较客观。

因此，在我们出现情感问题时，男闺蜜的建议无疑是最令我们信服的！也是最可靠的！

毋庸置疑，男闺蜜是最值得我们信赖的情感顾问。

如果这位男闺蜜恰好是一位男人专家或女人专家，或两者兼具，那就更值得我们信赖了。他能够全面而又深刻地帮你分析你所遇到的情感问题，并能够给你恰如其分、温柔体贴的安慰，最后还能够给你准确可行的方案。

他能够让感性的你在一份不值得付出的感情面前保持理智，也能够让颓废的你在一份已经变质的情感中不再沉溺，更不会让你为一些不值得在乎的小事情无中生有、小题大做，让一份本来还没有任何问题的感情分崩离析。

　　女人的男闺蜜就是这样一位最值得我们信赖的情感顾问，这样的情感顾问任何一个人都替代不了。

别忽略了亲人，他们也是男闺蜜

每一个女人都希望有一个男闺蜜，但并不是每一个女人都能有幸遇到一个好的男闺蜜。毕竟，女人专家、男人专家、亦师亦友、博学多才者这样的称号，不是每个男人都可以拥有的。

但是，这绝不等同于我们这辈子就不太可能拥有男闺蜜。有一种男闺蜜，我们都没有发现。这个男闺蜜不需要刻意去寻找，他就在我们身边，陪伴在我们成长的路上。

在我们身边，和我们最亲近的异性是谁？当然是从小抚育我们长大的父亲，从小陪伴我们成长的弟兄，或者是一个关系稍远一些的异性亲戚。其实，他们都可以是我们的男闺蜜，而且是最安全的男闺蜜。

因为，我们不需要担心情感会因为和他走得太近而变质，也不需要担心他会对我们有什么不良的企图，更不需要担心旁人的指指点点和老公的猜测和怀疑。而且，这位男闺蜜会一生陪伴我们，因为他和我们有血缘关系，既有亲情又有友情。

第　一　章

因为是亲人，他更了解我们的成长，我们的性格，我们的需要，我们的优缺点，因此能给我们最合理的建议；因为是亲人，所以无论在任何时候，他都能站在我们这一边，给我们最多的温暖。他最心疼我们，即便我们犯了错误，也不忍心指责我们，总是给我们最大的包容。

这个男闺蜜最让我们舒心。

这个男闺蜜随叫随到，甚至不用叫他也会主动来到我们身边。他不仅关心着我们的喜怒哀乐，而且关心着我们的衣食住行。

但这个男闺蜜却常常被我们忽略，我们有了心事总是想不到向他诉说，有了事情常常忘了请他帮忙。因为，我们习惯了他的存在，所以反而忽视了他。也因为他是我们的亲人，所以我们反而不愿让自己的脆弱暴露在他们面前，怕他们为我们操心和担心。

小屏在家里排行最小，从小就在父母的呵护和兄弟姐妹的关爱下长大，最小的哥哥大她两岁。小时候，她和哥哥嬉笑打骂，亲密无间。长大后，也许是女儿家的心思多了变得沉静了，也许是哥哥变得深沉不爱讲话了，总之，她和哥哥之间的交流少了，似乎也有了一点距离。再后来，她和哥哥各自成家，专注于自己的小家庭，见面的机会就更少了。

最近，小屏生活中出现了一些问题，心情烦闷，就回娘家走走，看看父母，当然也就遇到了哥哥。小屏怕家人担心，并没有将自己的烦恼告诉他们。吃过晚饭后，哥哥对她说："走，到外面陪我散散步。"

小屏和哥哥慢慢走着，没有吭声，哥哥开口了："有什么心事吗？"

"没有啊。"小屏答道。

"怎么？对哥哥还隐瞒啊？"

"我……就是最近建伟（小屏的老公）的工作不顺，公司情况不好，他眼看就要失业了，所以心情很不好，回到家还冲我发脾气，弄得我心情也很糟糕。我工资本来就不高，要是他失业了，可怎么办？"

"哦，原来是这事儿啊。别担心，你让建伟先干着，我帮他留意着别的工作。建伟有一技之长，找个工作还是没问题的。你也不要太焦虑了，有什么困难有家里人帮你，尤其是哥哥，永远是你最坚强的后盾。"

"哥……"小屏眼睛有点湿润了,她好久都没有和哥哥这么谈心了。小时候他们是最好的玩伴,长大后她竟然渐渐忽略了哥哥,其实哥哥依然可以是她最亲密的朋友,而且永远是。

从这次谈心以后,小屏和哥哥之间的感情更深了,开心的事情和哥哥分享,不开心的事情向哥哥倾诉,遇到了什么难以决定的事情就找哥哥商量,哥哥俨然就是她最亲近的男闺蜜。

小屏有一个关心自己的哥哥,但她却一度忽略了这位最疼爱自己的男闺蜜。其实,这种现象很符合人的心理特点——最近的人常常被我们忽略。我们总习惯于把目光投向远方,到远一点的地方去寻找朋友和安慰,却忘了看一看身边,离我们最近的地方有最关心我们的人。

在人生路上,谁永远陪伴在我们身边,在我们身后支持我们——亲人。亲人是打断骨头连着筋的情感,亲人是无论贫富、顺境逆境都会对我们不离不弃的人。

朋友在你顺境时会为你锦上添花,但在你逆境时却未必能为你雪中送炭，而亲人越是在我们困难的时候，越是和我们最亲最近；朋友在有利害关系冲突时也许会出卖我们，但亲人宁可让自己受到损失，也不会使我们受到伤害。所以，亲人是最令我们放心，最能给我们安全感的男闺蜜。

谁看到我们点滴的进步就激动不已，谁能以我们的快乐为最大的快乐，谁在我们痛苦时最能感同身受——亲人。我们无法保证其他人可以一辈子做我们的男闺蜜，但亲人却是可以一辈子陪伴我们的男闺蜜。

其他的男闺蜜帮了我们的忙，我们多多少少会觉得欠了对方的人情，就算对方口口声声说"不用谢！不用谢！"我们也不能一点不回报人家。而亲人帮了我们的忙，我们就不需要有这样的心理负担，亲人嘛，帮我们是应该的。

把亲人当作我们的男闺蜜，他给我们的是亲人和朋友的双重关爱，不仅有亲人无微不至的关怀，还有朋友之间的平等和尊重，既能无话不谈又能得到充分的理解。

所以，请别忽略了这样一位男闺蜜——亲人。当你取得人生成就时，别忘了和他分享，因为他是最以你为傲的人；当你遭遇人生的重大挫折，无路可走时，别忘了投奔他，他永远会对你敞开最温暖的怀抱。

别忽略了亲人这位男闺蜜，他是我们这一生最值得依靠和信赖的朋友！

亦师亦友，最理想的男闺蜜

在很多女人的心中，都在渴望着这样一个伴侣——如父如兄、亦师亦友，能给予我们父兄般的关爱、师长般的提携、朋友般的轻松、情人般的满足……

这样的一个男人，满足了我们对男性所有的向往。只可惜这样的男人太少太少，女人在成家之前不一定能够遇到，即便遇到也不一定就适合成为老公，或者适合但又没有福气拥有。

但是，如果此生能有一位亦师亦友型的男闺蜜，那同样可以弥补我们的遗憾。或许，我们的老公很爱我们，但他可能不够成熟、不够有内涵、不够有阅历，只能让我们平视，无法让我们仰视。在我们碰到人生困惑时，只能陪着我们一起忧愁，却无法给我们人生提点。他能够陪伴我们度过人生中每一个平凡的时刻，却无法让我们的人生上到另一个高度。

而一位亦师亦友型的男闺蜜，显然弥补了这些不足。

在人生路上，我们会不断遇到各种难题、困惑。而感性的女人，

第 一 章

最容易迷茫、痛苦、不理智，特别渴望得到某个人的指点。玩伴型的男闺蜜也许只能分享快乐，女人专家、男人专家型的男闺蜜也许高度不够，亲人型的男闺蜜也许还是有着某种隔阂。

我们最需要的，是这样一个人——永远比我们想得深、看得远，永远比我们考虑周全，所有的难题到了他那里都能够迎刃而解。这样的一个人，可谓是最理想的男闺蜜。

他知识渊博、思想深邃，但不会像老师那样一本正经、正襟危坐地给我们上课，总是以四两拨千斤的方式给我们解疑释惑，让我们在顷刻间就豁然开朗、恍然大悟。我们不必像学生那样担心遭到他的斥责，而是可以像朋友一样无拘无束地和他讨论问题。

他，堪称最理想的男闺蜜！

刘若英，台湾艺人，出道15年就获得了173个大奖，被称为"最多奖"艺人。这位集美丽与才华于一身的女子是如何走入歌坛、影坛，开启自己的事业之旅的？又是如何能在自己的事业上取得辉煌成就，并坚持追求艺术，在娱乐圈多年保持洁身自好的？这当然离不开刘若英自己的努力，但更离不开她的男闺蜜——陈升。

每个女人都需要男闺蜜

1991年，刘若英在好友的介绍下认识了台湾滚石乐队的著名歌手兼音乐制作人陈升，担任了陈升新乐园工作室的音乐制作助理。从此，刘若英在这位男闺蜜的提携下，从一个普通的音乐助理逐渐成长为一个蜚声国际影坛的出色艺人。

陈升独具慧眼，认定清水出芙蓉的刘若英是个有前途的艺人，不能屈居为一个端茶倒水的助理。他为刘若英写下了很多经典歌曲，如《为爱痴狂》，把刘若英推上了歌坛。后来，陈升又向张艾嘉推荐刘若英出演《少女小渔》的女主角，这个角色使刘若英获得了1995年亚太影展最佳女主角奖。刘若英从台湾歌坛走上了国际影坛。

正是得益于陈升这位男闺蜜的提携和帮助，刘若英的事业开始腾飞。很快，她出了第一张歌曲专辑《少女小渔的美丽与哀愁》，从一个音乐制作助理变成了一个独具人文气质的"才女歌手"。

但就在这时，这位男闺蜜却终止了与刘若英的合同。刘若英非常不解，说："没有你就没有我的今天。"

陈升却说："你的今天已经不需要我，你的明天需要更广阔的天地，你要离开我才能飞得更高。"

　　刘若英就这样离开了她生命中最重要的老师和朋友陈升，但这位男闺蜜对刘若英的关怀并没有就此终止。他依旧关注着刘若英的每一个动向：在刘若英取得成绩时给她祝贺，在刘若英遇到挫折时给她鼓励，在刘若英举行演唱会时给她当嘉宾。

　　娱乐圈流行互相送专辑，刘若英也把自己的最新专辑送给了陈升，陈升却义正词严地拒绝了："CD 是歌手用生命换来的，怎么能随便送人？"

　　在陈升这位男闺蜜的督促下，刘若英没有染上娱乐圈人的一些毛病。她多年没有绯闻，兢兢业业地工作，成为一名真正追求艺术的艺人。当他人都在八卦刘若英和陈升的关系时，刘若英坦然地说："他永远是我的师父，我最好的朋友，我最亲密的朋友。"

　　看完这个故事，也许你会为刘若英能够拥有这样一位亦师亦友的男闺蜜而感到高兴，更会为刘若英和陈升之间的亲密友情而感动。亦师亦友型的男闺蜜，就是这样令人向往。

每 个 女 人 都 需 要 男 闺 蜜

为什么会令我们这般向往？因为这样的男人是智慧的、成熟的，他通透地看清了世事。他可以给你或者帮你找到一把钥匙，让你打开一扇通往世界的门，快速地发现生活的真相；也可以为你拨开云雾，让你迅速走出迷茫，看到湛蓝的天空；也可以给你具体的身体力行的帮助，让你实现自己的梦想。

这样的男闺蜜是我们生命中的贵人，能遇到他是我们生命中的幸事，他确确实实提升了我们生命的质量！

也许你会说，这样的男人危险！他极易被女人爱上！

的确会有这样的可能，甚至就连当事人可能也无法分析出这份感情的复杂成分。

但是，我们不能因此怀疑这份感情的真诚和阳光。因为，一个亦师亦友型的男闺蜜大多具有健康的品德和高尚的情操，否则不会让我们这么信赖和崇拜。

这样的男闺蜜也许很容易拨动你的心弦，但你很难进入他的世界。这样的男闺蜜永远只能是你的男闺蜜，很难成为你的情人或老公。而老公们也大可放心，女人们在这样的男闺蜜那里永远得不到你给予她的那种毫无保留的爱。

如何找到自己的男闺蜜

看到这里，也许你会发出这样的抱怨："为什么这么美好的男闺蜜，我却一直都没有？婚前，我最亲密的异性是男朋友，婚后，我最亲密的异性是老公，和其他男人我都只是泛泛之交……"

为何你没有自己的男闺蜜？

拘谨的性格。拘谨内向的性格，使我们在和异性相处时总是放不开，无法自然地和异性熟络，更无法和他们走得太近。我们没办法把体己的话向一位异性诉说，也不好意思在遇到困难时央求一位异性帮忙。除非，他是我们亲密的另一半，否则我们无法和他走得太近。

传统的思维。传统的思维使我们认为除了自己的男朋友或老公，我们不能和其他的异性朋友保持太密切的关系，否则就不够道德。所以我们的世界里只有男朋友或老公，其他的异性只是偶尔联络并很少私下来往。

每个女人都需要男闺蜜

狭窄的圈子。我们的生活圈子狭小，身边的异性仅限于自己的父亲、兄弟、男同事。如果恰好自己的同事又以女性居多，我们找到男闺蜜的机会就更少了。

内心的忽略。其实，我们一生中遇到异性的机会很多，一个家庭里一起成长的兄弟，一个院里长大的发小，从幼儿园一直到大学的男同学，工作中遇到的男同事，社交场合遇到的异性，等等。可是这么多异性里我们竟然没有发展一个成为我们的男闺蜜，这是因为什么？

因为你的内心对男闺蜜不够重视、不够认同，觉得这是可有可无的，不觉得拥有男闺蜜能给你的生活带来什么益处，所以你从来就没有留心过身边哪位异性能成为自己亲密的朋友，也不习惯有事情就找异性朋友帮忙，因此从来就没有用心去经营一份亲密的异性友情。或者你本身就认为男女之间没有单纯的友谊，而亲密的异性朋友之间更不可能有什么单纯的友谊，因此你对男闺蜜这个词很排斥。

这些都会成为女人们没有异性朋友的原因，而最后一个原因则是真正的、最主要的原因。

　　所以，请不要抱怨自己没有男闺蜜，而是要找一找自己没有男闺蜜的原因。如果你真的希望自己能拥有一位男闺蜜，你需要做的是什么，改变性格？改变观念？还是拓宽生活圈子？

　　我们来看看小欣是如何找到自己的男闺蜜的。

　　小欣是个性格开朗的女人，她的朋友很多，不光女性朋友众多，男性朋友也很多。无论大事小事，她总能找到人来帮忙，吃喝玩乐总能找到人陪伴，痛苦委屈也总能找到人诉说。而和她走得近的除了几个闺蜜以外，还有几个男闺蜜。

　　这几个男闺蜜中有一个是陪伴了小欣很多年的，他叫小峰。他们在一个小区长大，父母又都是同事兼好友，他们从幼儿园一直到高中都是同学，直到两人考取了不同的大学才分开。他们可是实打实的发小，两人之间的感情不亚于亲兄妹，对彼此的事情了如指掌，连交了什么样的男朋友、女朋友都会向对方汇报。小欣结婚时，小峰毫无疑问是娘家人。

　　还有个叫徐鑫的男闺蜜也是她认识多年的。徐鑫是她的

大学同学，在大学里，他们两人不仅是同班而且是老乡，于
是走得比较近，也曾经试图发展为男女朋友关系，但最终发
现两个人只能做"哥儿们"，于是就成了彼此的异性密友。

　　有一个男闺蜜是小欣最近几年才结识的，那就是她的
同事韩磊。韩磊是她的上司，年长她十多岁，在工作上手
把手地教她，把她培养成公司的得力骨干，在生活中也是
她的良师益友。在她困惑和迷茫的时候，韩磊总能为她拨
开眼前的迷雾，让她立刻见到令人欣喜的太阳。

　　这几个男闺蜜，在小欣人生的不同阶段陪伴着她，使
她的生活丰富而有意义。但有这么多男闺蜜，小欣的老公
会不会吃醋？当然不会！因为小欣的男闺蜜和她的老公也
认识，并且他们时不时地会一起出来吃饭喝酒，他们在彼
此的事业上也能够互相帮忙。所以，小欣的男闺蜜也拓宽
了老公的交际范围。

　　男闺蜜使小欣的人生收获颇多。

　　小欣的男闺蜜很多，她在自己不同的人生阶段、不同的环境都
找到了自己的男闺蜜。她并没有刻意地去寻找自己的男闺蜜，总是

第 一 章

在不经意间就收获了一份亲密的异性友情。其实，想要找到自己的男闺蜜，就是这么简单。

首先，我们不必强求改变自己的性格。能成为自己男闺蜜的人必然是欣赏我们的人，包括我们的性格，能自然而然走近我们的异性才有可能成为我们真正的男闺蜜。在你遇到困难和麻烦时很自然地想请他帮忙的那个人，会很容易成为我们的男闺蜜。

不可否认，那些性格阳光外向的女性更容易拥有异性朋友，她们的男闺蜜或许更多，但性格内向的女性拥有的男闺蜜关系更"铁"，就算只有一个也足够了。所以，不管你是什么性格的女性，都有机会拥有自己的男闺蜜。

其次，抛弃传统的思维习惯。我们必须承认，男女之间一定存在单纯的友情，只是人们的想法不单纯了，才会否认这一点，才会去随意猜测和渲染他人之间单纯的男女友情。所以，除了男朋友或老公，我们当然可以有其他交往密切的异性朋友。

我们可以坦然地、光明正大地和自己的异性朋友保持密切的来往，如果我们过于小心或保守，反而更容易和异性发生不正常的情感，也容易引起他人的误会。我们必须在内心认同男闺蜜是个健康有益的朋友，才有可能拥有自己的男闺蜜。

最后，多留心身边的异性朋友。从小欣的故事来看，女性一生中遇到男闺蜜的机会很多：从孩童开始，就有许多小男孩陪我们一起玩耍、一起长大。从幼儿园、小学、初中、高中一直到大学、研究生、博士，又会认识无数个男同学，同学之间的友谊是最单纯的，因而也就更珍贵，男同学变成我们的男闺蜜，这再正常不过了。

走出校门以后，我们来到职场，我们的男闺蜜很有可能就藏在这里——男同事极有可能成为我们的男闺蜜。比起男同学，他们更成熟，和我们之间的话题更宽泛，他们和我们朝夕相处，和我们交流工作和生活中的很多内容。除了老公以外，男同事恐怕是我们接触最多的异性了，所以，男同事成为自己的男闺蜜也是一件很自然的事情。

走向社会，我们开始有自己的交际圈。在交际应酬中，我们会认识很多新朋友，也会认识一些朋友的朋友。而现代社会，我们又可以通过另一条途径认识朋友，那就是网络，我们的网友也越来越多。在这些朋友里，我们找到男闺蜜的机会又增加了不少。

所以，只要我们能认同男闺蜜是非常健康而又有益的，只要我们好好经营自己和异性之间的友情，无论在什么时候、什么地方，我们都能找到自己的男闺蜜。

我们的男闺蜜就藏在我们身边，就等候在我们途径的人生路上，只要我们愿意，我们随时都可以找到自己的男闺蜜，拥有一份亲密的异性友情。

女人的男闺蜜都有哪些类型

发小、同学、同事、亲人、长辈都可以成为女人的男闺蜜，但不是每个发小、同学都能够成为女人的男闺蜜，一定是具有某种特质或某种共性才可以成为女人的男闺蜜，这些特质和共性把女人的男闺蜜分为了不同的类型。

每个女人会根据自己的性格、喜好和需要来选择自己的男闺蜜，和自己合拍的人才能够成为自己的男闺蜜，所以，那些男人专家、女人专家、亦师亦友型的男人才成了女人的男闺蜜。除了这些，女人的男闺蜜还有许多类型。

第一类：温柔细腻型。

男人，在很多人眼里是粗鲁的、粗心的、不拘小节的、大大咧咧不计后果的，这样的人善于聆听女人的心声吗？

当然不善于！

但凡事无绝对，男人并不全是这样，其中也有温柔细腻的。他们做事讲究细节，对人温柔体贴，言谈注重礼节，性格温文尔雅，对人和事物的观察力特别强，容易看懂女人的心思，更善于理解女人的心情。女人和这样的男人在一起，就像是和自己的闺蜜在一起一样，但他们身上又具备闺蜜所没有的男人特质。这样的男人很容易成为女人的男闺蜜，和这样的男闺蜜在一起，一定是非常舒心的。

第二类：独具思想型。

女人有了烦恼想找人倾诉，肯定不会找一个思想平庸、人云亦云的人倾诉，因为在这样的人那里我们只会得到一些隔靴搔痒的安慰："别胡思乱想，想也没有用了……"等等。这样的话说了跟没说一样。这样的安慰能驱走我们内心的烦恼吗？

显然不能！

而一个独具思想的人一定不会用这样的方式安慰我们，他们对人和事物总是有着自己的理解，有着客观、理智，甚至是另辟蹊径的想法。他们不会夸夸其谈，而是准确给出我们需要的意见，让我们立刻就能得到我们想要的答案。和这样的男人交谈，你会有种"听君一席话，胜读十年书"之感，你会恍然大悟，茅塞顿开，不住地点头。有一位这样的男闺蜜会使你的人生特别受益。

第三类：才华横溢型。

有一种人特别让人欣赏，那就是有才华的人。女人太有才有时未必是一件好事，因为"才女"总让人有些距离感，但有才华的男人却不会给人这种感觉，才华横溢型的男人总让人崇拜、欣赏，让人不由自主地想接近他，向他请教一二。

这样的男人在给女人意见时不会刻意地说教，而是会旁征博引、循循善诱、润物细无声地开解女人的心灵，他们不会用那么多华丽的辞藻，但每句话都说得恰到好处，有些话又懂得点到为止，不说透、不说明，让女人去领悟，给了女人面子和自尊。这样善解人意的男闺蜜女人应该人手一个。

小真是一个有些多愁善感的女孩，总是会把一些小事情思索半天，也极易陷入迷茫中。这个时候，她特别希望有一个博学多才、有丰富人生阅历的人能带她走出迷惘。幸运的是，她有一个这样的男闺蜜老梁。

老梁年长她几岁，是小真在一次行业聚会上认识的。简短的几句聊天，让小真觉得老梁谈吐不俗。无论什么话题，老梁都能很快说出自己的意见；无论什么问题，到了老梁那里都能迎刃而解；无论小真纠结什么，老梁都能以四两拨千斤的力量使她很快走出思维的死胡同。

他从不会武断地指责小珍单纯幼稚，也不会只是给她"上课"讲道理，而是用自己或朋友的经历给小真启发，让小真自己认识到问题的症结在哪里。聪明的小真总是能很快地领悟到老梁的意思，而老梁也总是不失时机地给小真夸奖和鼓励。

小真觉得，老梁这个密友像自己的大哥，又像自己的老师和朋友，和他在一起没有压力，无需拘束，是那样的轻松自在。

小真的男闺蜜老梁是位才华横溢型的男人，但同时又独具思想而且温柔体贴，这样类型的男人做女人的男闺蜜再合适不过了。除了以上这三种类型的男人，女人的男闺蜜还有以下这两种。

第四类：有一点女性化倾向型。

男人，特别是有些大男子主义的男人，他们最不爱做的事情就是陪女人逛街、美发和美容，女人拿着一件衣服看了又看、试了又试，在理发店、美容院一待就是几个小时，这让男人们失去了耐心，甚

每 个 女 人 都 需 要 男 闺 蜜

至火冒三丈，发誓再也不陪女人逛街。

但有那么一些男人却不一样，他们具备了一些女孩子的特征，也喜欢逛街、理发、美容保健，他们有着良好的审美和品位，性子也不会像其他男人那样急躁，可以和女人讨论服装、美容、化妆等，并用男人的眼光给女人意见。如果女人能有这样一位男闺蜜，犹如多了一位"闺蜜"一样。但这样的男闺蜜身上的女人气质不可过多，否则也会让人不舒服。

小苗是个有点男孩子气的女孩，做事大大咧咧、不拘小节，这和她的名字和长相可不相符。或许正是这样的性格，使她拥有了很多异性朋友。而在这些异性朋友里，和她关系最好的却是一个具有女人气质的男人——小杰。

小苗和小杰在一起，即像哥儿们又像姐儿们，因为跟他在一起，小苗常常忘了他是男人，而小杰也常常忘了她是女人。因此，小苗觉得和小杰在一起特别有安全感，这个有点女人气质的男人绝对不会对她有不良企图，而小苗也不会对小杰有别的想法："做男朋友？他太不MAN了。"

小杰会陪小苗逛街、买衣服、护肤，从来就不觉得累和烦，他会用近乎专业的眼光，帮小苗挑衣服、搭配服装、选护肤品，他帮小苗挑的衣服，男人喜欢女人也喜欢，他简直就是一位专业的形象顾问。重要的是，当小苗逛街买了一大堆东西时，他还可以当搬运工，他再不MAN，也比一般的女人有力气吧。遇上其他问题也可以向他请教，他再不MAN也是一个男人，总能给出和闺蜜不一样的意见。

小苗这个男闺蜜可是太有用了，即可以当闺蜜用，又可以当男闺蜜用，利用率非常高。所以，女人们身边若有一个这样的男人，不妨发展为自己的男闺蜜。

第五类：品行端正型。

女人找男闺蜜，不是找恋人、情人，更不是找出轨的对象，只是找一个倾诉的对象，一个无聊时的玩伴，一个开心时的分享者，一个遇到困难时能够帮助自己的人。如果这个男人品行不端，难免会乘着这么多接触女人的机会，对女人图谋不轨。

所以，那些心地善良、人品端正的正人君子，就成了最受女人欢迎的男闺蜜的类型。他们不会乘虚而入、不会横刀夺爱、不会伤害女人，是女人最放心可靠的男闺蜜。

每 个 女 人 都 需 要 男 闺 蜜

　　女人的男闺蜜当然不止这些，也许你的男闺蜜不属于上面提到过的任何一种，他是一个独一无二的人，但不管他是哪一种类型，只要他能够成为你合拍的朋友，能成为你真心的朋友，都应该是一个合格的男闺蜜，你都应该庆幸并珍惜他的存在。

　　我们的男闺蜜，在我们迷茫时给我们方向，在我们无助时给我们力量，在我们聊天时给我们增加作料，在我们选择男朋友或老公时给我们意见，在我们失恋时、离婚时，他不失幽默又充满体贴地送上一句："别悲观了，不会没人要你的，这不是还有我吗？"男闺蜜的这句话让我们破涕为笑，再大的困扰和挫折面前，我们都不至于绝望到底！

　　一个好的男闺蜜，是女人的基本配置。如果你还没有这样的配置，别等了，赶快寻找到属于你的男闺蜜吧。

第 一 章

男闺蜜的必备要素

女人对男闺蜜虽然不像对男朋友或老公那么挑剔，也不是毫无要求，不是满大街的男人随便拉来一个就可以做女人男闺蜜的。那些毫无素质、毫无特点、毫无优点的男人很难成为女人的男闺蜜。做女人的男闺蜜总要具备一些要素，都需要哪些要素呢？让我们一起来看一看。

第一，好的人品。

为人处世，人品先行。这是做女人的男闺蜜，不是一般朋友，不是泛泛之交，而是要和女人有密切的来往，没有好的人品，女人怎么敢放心让这个男人经常出现在自己的身边和自己的生活圈里。好的人品就是正直善良、光明磊落、坦坦荡荡，不会借着男闺蜜身份的掩护，企图占你的便宜，更不会借此打听你的财产状况，企图谋取你的财产。

第二，性情相投。

每 个 女 人 都 需 要 男 闺 蜜

　　这么亲密的朋友，如果性格不合拍，那么就很难和你走得那么近。如果不是性情相投，也很难理解你，欣赏你。性情相投的朋友还能够懂你所想，猜到你所想，他对你的了解有时就像你肚子里的蛔虫。性情相投的朋友在一起会特别的轻松、自然。

　　第三，做朋友时对你没想法。

　　什么叫"对你没想法"？就是只拿你当朋友，没有想过要成为你的男朋友或老公，更没想过要做彼此的情人或第三者。就算是对你有好感，曾经想过追求你，都会如实告诉你。在和你做密友的时候，绝对是把你当朋友，没有其他想法，不搞任何暧昧。如果有一天你有了男朋友或者老公，他会为你送上最真诚的祝福。

　　第四，深厚真挚的友情。

　　没有深厚的友情，绝对成不了你的男闺蜜。非亲非故，不是你的男朋友或老公，为什么要让你随传随到？为什么心甘情愿当你的情感"垃圾桶"？为什么会在你需要帮助时毫不犹豫地挺身而出？你们的这份友情经得起时间的考验，他能够陪你悲、陪你喜，不是亲人却胜似亲人。

　　第五，心甘情愿做你情感的"垃圾桶"。

　　女人最爱倾诉，所以男闺蜜就不可避免地成了我们倾诉的对象，成了我们的情感垃圾桶。这个垃圾桶可不是谁都愿意当的，因为不是谁都愿意全盘接受另一个人的负面情绪，只有那些真正关心你、体贴你的人，才会心甘情愿地忍受着你这些情感垃圾，为的只是让你的情绪变得温和平静，让你快乐起来。

第六，不八卦。

女人爱八卦，这我们都知道，但男人里面也有八卦的，虽然比例很小，但如果不小心被你碰到，那后果可就惨了。也许你今天跟他说的心里话、小秘密，明天就众人皆知了。所以，男闺蜜必须口风紧，他就好像一个安全避风的树洞，能把你那些不想让他人知道的秘密都藏在里面。

第七，有点特长。

这一点似乎有点不可思议：我们又不是公司招聘，怎么还要求男闺蜜有特长？其实仔细想想，如果你家的水管坏了、马桶坏了、电脑坏了，是不是特别需要一个维修工？如果你的男闺蜜刚好有这个特长，这些难题是不是就都迎刃而解了？如果你需要写毕业论文或年终总结，而你的男闺蜜刚好擅长写作，是不是刚好能帮你的忙？所以，男闺蜜需有特长，这样才能以备你不时之需。

第八，感性和理性兼备。

女人感性，一个特别理性的男人恐怕很难成为你的男闺蜜。因为他会讨厌你絮絮叨叨地向他倾诉你的情感琐事，也很难体会你的感受和体验。所以，一个感性一点的男人才有可能做女人的男闺蜜。

当然，这个男人又不能过于感性，如果他感性的程度和女人一样，那他和你的闺蜜有何区别？他又怎么能给你冷静而又理性的建议？所以，他在感性的同时还必须兼具理性，这样才能在你生气的时候不火上浇油，不煽风点火，不瞎出主意。

一个感性和理性兼备的男人才能既与你感同身受、安慰你的不快，又能给你客观有效的建议，更能弥补你性格的不足。

第九，懂得尊重女性。

做女人的男闺蜜，当然要尊重女性，不然如何与女人和睦相处？大男子主义过重，轻视女人，不懂得女士优先的男人，女人不会喜欢。这个尊重同时包括，尊重她对你的这份友情，不随便破坏这份友情。不懂得尊重女人的男人会随时被女人踢出男闺蜜的行列。

第十，有分寸感。

分寸感，这是最难做到的一点，也是最重要的一点。男女间相处，又是朋友关系，不懂得把握分寸和保持恰当的距离，谁也不敢把你当男闺蜜。不仅行为要懂得把握分寸，说话也要把握分寸，超越友情的事不能做，暧昧的语言也不能说。

第十一，有正常的工作和生活。

也许有的朋友觉得这一点不重要，那么你想一想，如果一个男人没有一个正常的工作，成天游手好闲，吃喝嫖赌，没有一点的上进心和事业心，你能和这样的人成为朋友吗？他能不对你的生活造成负面的影响吗？

同样，如果一个男人不正常地谈恋爱，或者没有正常的家庭生活，私人感情乱七八糟，和女人之间的关系更是扯不清楚，你敢让这样的一个男人做你的男闺蜜吗？当然不敢！

一个男人应该有正常的工作、生活和朋友，他才能有健康的心态，也才能给你带来健康的生活。

第十二，成为你老公的好朋友。

这一条虽然放在最后，是因为这是关键中的关键。你若想踏踏实实和男闺蜜来往，没有后顾之忧，那就必须要打消老公的顾虑。所以，让他成为你老公的好朋友。你和密友的交往细节不妨让老公知道，让老公也和你们打成一片。如果你的密友具备了这个要素，那一定是最令你的老公放心的。

每个女人都需要男闺蜜

　　小晨有一个爱好，特别爱交朋友，无论男女老少或是职业贵贱都可以成为她的朋友，她的男性朋友也很多。她说朋友丰富了她的生活，提升了她的生活质量，因此，她爱交朋友。在这众多的朋友里面，只有几个人和她来往甚密，除了几个闺蜜之外，就是她的男闺蜜李枫了。

　　大家问小晨："你这么多男性朋友，怎么唯独挑了李枫做你的男闺蜜？"

　　小晨说："李枫最值得我信赖。"

　　大家问："他哪里值得你信赖啊？"

　　"人特好，愿意听我诉苦，把我当作纯哥儿们，说话做事懂得把握分寸，办事情特别靠谱，关键是有时感性有时理性，能理解我的想法还能给我最准确的意见，因此，找他做男闺蜜再合适不过了。"

　　大家恍然大悟，原来做女人的男闺蜜还必须具备这么多要素啊。

　　小晨的男闺蜜具备了多项我们提到的要素，这些要素带给她的一个综合感受就是：值得她信赖。

值得信赖，这确实是男闺蜜必须具备的一个要素。其实，上面所有的这些要素都可以用这一点来概括：好的人品才能够让我们信赖，"对自己没想法"才能够让我们信赖，感情深厚才能够让我们信赖，不八卦才能够让我们信赖……唯有做到这些才值得我们信赖。

信赖为什么对我们这么重要？

因为做女人的男闺蜜，不但要倾听我们的许多秘密，还要走进我们的生活，帮我们打理许多事情，包括工作上的事情、生活中的事情，甚至自己的情感纠葛、财务状况都交给他处理，不能够让我们信赖，我们能够放心把如此重要的事情交给他处理吗？所以，男闺蜜必须要值得我们信赖。

信赖感是女人一生都在寻找的一种感觉。小时候在父亲身上寻找信赖感，婚后在丈夫身上寻找信赖感，交一个男闺蜜当然也要有信赖感，所以，有信赖感成了男闺蜜必须具备的要素。

从以上看来，做女人的男闺蜜要具备的要素很多，这正说明了女人的男闺蜜不是一个普普通通的朋友，他是女人忠实的伙伴、精神的支撑、倾诉的对象，以及避风的港湾。他和我们一路同行，相依相伴，所以，必须具备一定的素质。

　　所以，女人在寻找男闺蜜的时候要睁大眼睛，看看他身上具不具备这些要素。不一定全部都要具备，但至少要符合几条。他值不值得你信赖，能不能给你带来安全感，这是能不能成为你的男闺蜜必须要考虑的一点。

第二章

男闺蜜胜过闺蜜

　　闺蜜似乎是万能胶，是救命稻草，是开心果。但有一个人的作用胜过闺蜜，他比闺蜜更懂你，比闺蜜更可靠，比闺蜜更理性，比闺蜜更能支持你。他就是你的男闺蜜。

第 二 章

男闺蜜比闺蜜更懂你

每个人都想找到一个最懂自己的人，和懂自己的人在一起那是一种什么样的感觉呢？

交流起来特别轻松，喜怒哀乐更容易得到理解和认同，优点更容易得到对方的赏识，而缺点也很容易被对方一针见血地指出。和懂你的人在一起，沟通和交流都显得特别顺畅，你的每句话都不需要刻意去解释，他总是能在瞬间就理解你意思的精髓！

一生能遇到一个懂自己的人，这是一种幸运！

大多数女性都会认为自己拥有这种幸运。因为她们觉得，这个最懂自己的人从少女时代就陪伴在自己身边了，这，就是自己的闺蜜。

几乎很少有女人没有闺蜜，女人和闺蜜之间的感情那可太深了：一起吃、一起玩、一起逛街、一起谈心，甚至一起睡觉。更重要的是，闺蜜常常是女人的情感顾问：选择谁做自己的男朋友或老公，要问问闺蜜的意见；和爱人吵了架受了委屈，少不了要到闺蜜那里倾诉一番。尤其是在女人失恋时，闺蜜的作用就更不容小觑了——陪着

男闺蜜胜过闺蜜

自己流泪，给自己无数的安慰，甚至一身正义帮自己去讨伐那个"没良心的人"！

闺蜜的陪伴，是我们走出情感沼泽的巨大能量。所以，女性们常常会说——闺蜜是我生活中不可缺少的朋友，闺蜜最懂我！

然而，闺蜜真的最"懂"我们吗？同为女人，更容易互相理解；因为感情深，更加心疼我们。这当然是事实。但这就是"懂"我们吗？

我们一定经历过这些时刻：当我们向闺蜜抱怨工作辛苦时，闺蜜率性地说："甭干了，辞了吧。"

当我们向闺蜜诉说和男朋友在一起的委屈时，闺蜜毫不犹豫地说："甭谈了，分了吧。"

当我们向闺蜜指责自己老公的种种不是时，闺蜜不问三七二十一，潇洒地说："甭过了，离了吧。"

和闺蜜在一起是这样舒服，因为闺蜜很少批评我们，她总是站在我们这一边，把矛头指向"对不起"我们的那些人。她们甚至不问事情的起因经过、不管事情的青红皂白。

但这是懂我们吗？不！这是偏袒我们。

懂我们的那个人不仅仅是爱我们，欣赏我们的优点，更重要的是了解我们的缺点，并能指导我们去改正。

第 二 章

从这个意义上来说，有一个人一定比闺蜜更懂我们，这就是我们的男闺蜜。

也许，你还不太认同这个观点，那让我们来看看下面这个故事。

小菲，28岁，在一家知名网站做频道编辑。和大多数女人一样，小菲也有一个无话不谈的闺蜜，那就是她的高中同学小英。提起小英她就觉得心里特别柔软温暖，在她脆弱、孤独的时候，是小英的友情一直支持着她、陪伴着她。在闺蜜那里她得到了许多心灵的慰依与温暖。

工作后，小菲又有了一个男闺蜜陈潇。陈潇是自己的同事，和她一起进入这家公司，因为同是菜鸟，所以两人在工作中互相鼓励、互相学习，彼此走得很近。除了工作上的事情，他们也经常分享生活中的快乐和烦恼。

一个闺蜜，一个男闺蜜，这两份友情对她来说都格外重要，格外珍贵。

最近，小菲有些烦恼。老公工作特别忙，陪她的时间是少之又少，就连她的生日都给忘了。才结婚半年就这样，让小菲很是失落。这天，小菲约小英和陈潇一起打球，忍不住向他们抱怨起老公来。

小英一听气就不打一处来:"他怎么可以这样对你呢? 当初是他死命追你,你们才在一起的。这才多长时间,他 就对你这样,这男人怎么变得这么快呢。"

陈潇一听连连摇头:"话可不能这么说,具体问题要具 体分析。小菲,你是不是有事没事老给你老公打电话,查 岗啊什么的,惹他烦了。"

"是啊,你怎么知道?"

"我还不了解你! 你这人表面温和,其实骨子里占有欲 很强。谈恋爱时你就把他看得很紧,那是恋爱时期,也许 他能包容你,但现在你们结婚了,你们的关系进入了另外 一个阶段,他也把注意力从追求你转到了养家糊口的重任 上,所以对你的关注就少了点,但这不代表他对你的感情 就一定有变化啊。你这个人吧,温柔是挺温柔的,就是少 了点自我,成天黏糊着老公,你多关注关注自己,没准就 不失落了。"

陈潇的一番话让小菲沉默了,她觉得陈潇说得很对, 也许问题不在老公身上,而在自己身上。

　　而小英则瞪大了眼睛，叹了一口气说："唉！我还以为认识你这么多年很了解你呢，没想到我还没一个男人了解你。"

　　陈潇笑了笑说："人往往当局者迷，男人从另外一个角度来看你们，往往比你们自己更懂你们。"

　　男人比女人更懂女人，男闺蜜比闺蜜更懂你——看了小菲的故事，你或许会对这句话有所认同。

　　为什么男闺蜜会比闺蜜更懂你？为什么男人会比女人更了解女人？

　　首先是因为角度的不同。就如同陈潇说的那样：当局者迷！自己看自己，很难审视到自己身上的缺点和问题，因为"趋利避害"是人的本能。人总是愿意把自己想象得更好，这会让自己的自尊心得到满足，所以，人很难正视自己身上的缺点。

　　闺蜜虽然也是从我们的对面来看我们，但因为同为女性，所以看法见识难免和我们相似，偏颇之处和我们一样偏颇，狭隘时也和我们一样狭隘，所以也无法真正看懂我们，了解我们。而男闺蜜就弥补了这些不足，他可以从另一个人的角度看我们，又可以从男性的角度来看我们，所以他会更容易看到我们身上的问题，因而也就更容易懂我们。

其次是因为和男闺蜜交流起来更没有顾忌。同性会嫉妒，男人会嫉妒其他男人比自己事业更成功，而闺蜜则会嫉妒自己比她更漂亮，或者嫉妒自己的老公比她的老公更优秀，因而女人和闺蜜交流起来总是要顾忌这顾忌那，不能畅所欲言。

而和男闺蜜在一起，你就全然没有这些顾虑，因为男人很少会嫉妒女人，因此你想说什么就说什么，不用担心一语不慎会引起男闺蜜的不快，所以男闺蜜也就有了全方位了解你的机会，对你了解得多了，自然也就更懂你。

最后，因为男闺蜜比闺蜜的眼界更宽。女人的关注点主要是家庭，她们的世界大多是老公和孩子，生活圈子的狭小使她们"头发长，见识短"，因此，你的很多问题闺蜜不见得能理解，也就无法懂你。

而男人关注的不仅仅是自己的小家，还有这个社会，他们在这个世界上打拼，见多识广，因此能从不同的角度去观察你，认识你，你说的很多事情也许他都经历过或间接经历过，因此很容易理解你，所以自然也就更懂你。

　　所以说，男闺蜜比闺蜜更懂你！既然这样，那么当你郁闷的时候，不妨远离闺蜜的絮叨和叽叽喳喳，多和男闺蜜在一起，听听男闺蜜的娓娓道来。他也许话不多，但总会一语中的；他也许不会给你最直接的建议，但总会令你恍然大悟……这，就是一个懂你的人所带给你的益处。

　　也许你有一群闺蜜，但都抵不上一个懂你的男闺蜜。

男闺蜜比闺蜜更可靠

女人一生都在寻求一种依靠——工作要可靠，老公要可靠，朋友当然也要可靠。

闺蜜，志趣相投、无话不谈、形影不离，堪称死党。她陪着我们一起哭一起笑；在我们失意时陪我们喝到酩酊大醉，然后豪言壮语地说"一切重来"；陪着我们逛街血拼，分享心底最深处的小秘密。这样的朋友不能说不可靠。

女人之间的友谊比较纯粹，她们需要的只是彼此能够给予心灵安慰。而男人之间的友谊则掺杂了一些物质的味道，享有友情的同时希望在对方那里得到事业的帮助。从这个角度来说，闺蜜很可靠。

闺蜜真的就完全可靠吗？让我们来看看闺蜜的更多其他的特点。

女人和闺蜜之间有很多共通点，其中包括对男人的欣赏。不管是在影视剧中还是在现实生活中，闺蜜变成小三的事情，都是经常

第　二　章

上演的剧目。也许你的老公很优秀，闺蜜不由自主地被他吸引；也许你的闺蜜很漂亮，你的老公不由自主地被她吸引。不管谁爱上谁，对你来说都是一场灾难，闺蜜有可能把你的幸福毁掉！这时，你能说闺蜜可靠吗？

　　闺蜜之间往往无话不谈，彼此内心一些不能对外人言的创伤，甚至于情侣或夫妻之间的私事都会互相分享。但女人喜欢八卦，最不善于保守秘密，没准哪一天就会把这些难以向外人启齿的事情告诉他人。那时，你的尴尬难堪、无地自容会让你恨不得立刻把闺蜜变仇人。这时，你能说闺蜜可靠吗？

　　在你遇到一些情感问题时，闺蜜常常会帮你出谋划策。但女人的麻烦就是，喜欢小题大做，往往好心办坏事。本来你和老公之间的矛盾冲突没有那么大，闺蜜却怂恿你升级战火直到他缴械投降为止，闺蜜不理智的参与使你们的矛盾更加激化，并有可能使你做出错误的决定。万一你的闺蜜别有用心，在这个时候乘虚而入，你的家庭就在顷刻间颠覆。这时，你还能说闺蜜可靠吗？

　　女人爱妒忌。有人说过"女人只能找比自己差的人做朋友"，虽然这句话是对女性友谊的妖魔化，但同性相斥是个不争的事实。试想，如果你比你的闺蜜更优秀、更漂亮，又找了一个更能干的

72

男闺蜜胜过闺蜜

老公，一切都比闺蜜好，她能不嫉妒吗？她能够心理平衡吗？她能在言谈之间不夹枪带棒讽刺你，让你时不时难受一下吗？她难道不会在你晒幸福的时候给你浇一盆冷水吗？这时，你还能说闺蜜可靠吗？

看来，闺蜜不完全可靠，因为女人有女人的弱点。那么，如果这个闺蜜是男的，是不是可以避免这些问题，可以比闺蜜更可靠？确实，女人的男闺蜜比闺蜜更可靠，他有着闺蜜所不具有的优势。

晓玲的生活一直很顺利，大学毕业进了一家外企，然后遇到了自己的老公，谈恋爱也没有经过什么波折，顺利地结了婚。老公能干、体贴、温柔，人人都夸晓玲有福气，找了个这么好的老公。

尤其是晓玲的闺蜜倩倩，动不动就说："哎呀，我怎么没有你这么好的命，遇到个这么好的老公。如果上天赐给我一个这么好的男人，我一定要把握机会。"

起初晓玲并没有在意这话，有人夸她老公好，她心里当然也很开心。倩倩是她的闺蜜，从中学时俩人就成了无话不谈的好朋友，倩倩很了解她，包括她的家庭、她的生活、她的老公。她把倩倩视为生活中最值得信赖的好朋友。但是在一次出游的时候，晓玲却发现这个闺蜜不值得信赖了。

那次，晓玲和老公、倩倩，还有晓玲的男闺蜜江华一起去郊游。野餐的时候，倩倩对晓玲的老公说："你给我介绍个男朋友吧。"

"好啊，"晓玲的老公问她，"你想找个什么样的？"

"就找个和你一模一样的就行了。"

这话一出，晓玲、晓玲的老公还有晓玲的男闺蜜江华都愣住了，场面尴尬了半分钟，江华连忙打起了哈哈："倩倩，干吗要找个和他一模一样的，你身边就有个很优秀的单身男士啊，要不咱俩凑合凑合得了，你要是看不上我，我给你介绍个更优秀的。"

倩倩这才淡淡地说："好吧。"

找了个机会，江华把倩倩拉到一边说："晓玲的老公你就别惦记了，人家可是有老婆的，而且老婆还是你的闺蜜，你可别动什么坏心思。"

男闺蜜胜过闺蜜

"哎呀，不会，我也就是说说而已。"倩倩否认了这件事。

回家的路上，晓玲有点闷闷不乐，趁倩倩走开的时候，江华对她说："别在意，我已经说过她了，她也就是羡慕你有个好老公而已。"

江华转头又对晓玲的老公说："你可要对晓玲好，一心一意、老老实实，和其他女人保持距离。"

晓玲的老公连连点头："那是一定的。"

晓玲感慨地说："哎，看来，闺蜜不可靠，还是男闺蜜更可靠。"

闺蜜，究竟是朋友还是天敌？很多女人心里都在问这个问题。晓玲的闺蜜对自己的老公虎视眈眈，使她不寒而栗，而她的男闺蜜江华却在想办法为她解除危机。闺蜜和男闺蜜究竟哪个更可靠？晓玲的故事给了我们答案。

其实，男闺蜜真的比闺蜜更可靠。因为他不会嫉妒你找了个好老公，更不会觊觎你的老公，不会成为你美满家庭的隐患，反而会站在你的立场为你解决问题。闺蜜和你的老公走得越近，你越担心；

而男闺蜜和你的老公走得越近，你越放心。男闺蜜和你的老公成为朋友，不但可以令你老公解除无端的猜测和怀疑，还会使你老公的交际圈更大，对他的事业也许更有帮助。

男闺蜜比闺蜜更可靠。因为他不会打听你的私生活，无论你和他说什么，都不用担心他有一张"八卦嘴"，把你的秘密告诉别人。无论你多么漂亮、多么优秀、多么幸福，都不用担心他会嫉妒你，他对你的欣赏，反而会让你更加自信。

男闺蜜比闺蜜更可靠。闺蜜很多时候会主观地理解你的问题，感性地去判断问题，然后冲动地给你建议。虽然你的情绪在闺蜜那里宣泄得淋漓尽致，但对事情本身于事无补。男闺蜜虽然不会在你难过时陪着你哭，但也不会和你一起变成生活的怨妇，他会用男性特有的温柔，让你的情绪得到缓解，然后理智地帮你分析问题、解决问题。

男闺蜜比闺蜜更可靠。因为他是男人，能弥补你自身性别的种种不足，能使你不再片面地看问题，不再冲动地解决问题，不再感性地为某件事情纠结，能帮助你更加了解你的老公，成为你最信赖的情感顾问。

男 闰 蜜 胜 过 闰 蜜

　　男闺蜜比闺蜜更可靠，还表现在生活中的方方面面和各个细节。

　　当开车出去游玩时，车坏在了路上，如果是和闺蜜在一起，你们两个一定是面面相觑、束手无策，只能站在太阳底下流着汗干着急。如果是和男闺蜜在一起，那你就不用发愁了，坐在车里吹空调吧，等着他去换轮胎、修汽车，让他充分发挥他男人的作用和魅力，偶像剧不都这么演的吗？

　　在美丽的风景面前，谁都想留下倩影，如果你和闺蜜在一起，她总要你为她拍照，要不就是你和她合照，把你拍照的权利剥夺了；如果和男闺蜜在一起，你就不用为此烦恼了，男人可没有女人这么爱臭美，他会"咔嚓、咔嚓"地为你留下一个个动人的时刻。而且，他用单反的技术那么熟练，简直就是一位专业的摄影师。

　　女人们都没有什么方向感，如果你和闺蜜一起出去玩，迷了路的时候只能大眼瞪小眼；而和男闺蜜在一起，你就放心跟着他走吧，他一定能把你顺利带回家。天黑了，如果和闺蜜在一起，你们两个人都会紧张兮兮，心惊胆战，生怕路上遇到坏人，万一真遇到了流氓，闺蜜比你反应快，丢下你，自己先开溜了，你可就惨了；如果和男闺蜜在一起，你就高枕无忧了，坏人看到一个人高马大的男人和你在一起，他先吓跑了。

第 二 章

　　所以，男闺蜜比闺蜜更可靠，这，还需要质疑吗?

　　所以，去寻找属于你的男闺蜜吧。拥有男闺蜜的女人遇到重大的事情时，多和他商量一下吧。而出去旅行时，也不妨带上男闺蜜，他会是一位司机、修理工、摄影师兼保镖。

比起闺蜜，男闺蜜更懂你的事业

　　女人和闺蜜在一起是无话不谈的，但女人和闺蜜在一起都谈什么？老公孩子是最多的话题，明星绯闻、娱乐八卦常常离不了嘴边。除此之外，就是家长里短、婆媳关系、拖沓冗长的电视剧。

　　闺蜜会和我们聊工作、聊事业吗？当然也会，都是怎样聊的呢？

　　闺蜜："你最近工作怎么样啊？"

　　我们："挺好的呀。"

　　闺蜜："哦。"

　　或者是这样：

　　闺蜜："最近工作怎么样啊？"

　　我们："不怎么样，感觉很无聊，干着没劲。"

　　闺蜜："是吗？那辞了吧。"

　　然后你们的话题就扯到了职场八卦，同事趣事，接着又聊到了老公孩子、逛街购物、肥皂剧……女人和女人之间就是这样，她们之间的话题永远是那么多、那么琐碎，但又是那么无聊。

第 二 章

　　作为一个女人，我们的生活当然离不开这些；但作为一个现代女性，我们的生活内容当然不止这些，除了家庭、老公、孩子……工作、事业也是我们生活中非常重要的一项，甚至是重中之重。没有工作，没有自己的事业，没有一个安身立命的本事，女人很难在社会上立足，女人的独立也无从谈起。

　　精神上的独立是建立在经济独立的基础上的，没有经济上的独立，女人在爱情竞争中、婚姻竞争中，甚至于在离婚时争夺孩子的抚养权时都会失去优势，由此可见，在现在这个社会，女人的事业是多么重要。

　　如果把男人比喻成一个商品，那么事业就是男人的标签，一个男人成功与否，就看他有没有这个标签。事实上，不仅对男人如此，对女人何尝没有这样的要求，现代社会对男人和女人的要求越来越趋于相同。所以，很多女人也非常渴望自己能在事业上不断得到提升，渴望能多和自己的朋友聊聊工作、事业，畅谈一下自己的职业生涯规划，更渴望从朋友那里得到有质量的反馈。

　　有时我们也和闺蜜聊工作、聊事业，但就像上面的对话一样，闺蜜不是不够配合就是根本没兴趣，或者不能给我们更好的建议。万一你的闺蜜只是一个职场菜鸟或家庭主妇，就更难给你什么建设

男闺蜜胜过闺蜜

性的意见了。

这时，如果你有一个男闺蜜，便摆脱了这个烦恼。作为男人，事业是他们生命最重要的支撑，他们很大的一部分精力都用在了事业上，他们不光了解自己的事业，也同时关注他人的事业，包括你的事业。所以，当你在事业上有任何问题时，都不妨和自己的男闺蜜说说，比起闺蜜来，他要更懂你的事业。

小薇三十多岁，最近因为工作的事一直心神不宁。她想换个工作，不止是换工作，她还想转行，所以她非常犹豫。她在这个行业已经干了十年了，转行意味着重新再来，从最低的职位开始做起，拿较低的薪水，对三十多岁的她来说，放弃以前十年的工作积累，这需要勇气。

所以，她很想找个人商量，她先找到她的闺蜜。

闺蜜一听连连摇头："换什么工作啊，你这一行都干了将近十年了，都干到中层领导的位置了，换行业你又要从头再来，多辛苦啊，别折腾了。"

"不换不行啊，我在这一行已经到瓶颈了，没有上升的空间了。再说这个行业始终不是我的喜好，当初是为了生存随便选择了一个职业，我还是想做自己喜欢的事情，从事一项自己一辈子都想干的事业。"小薇认真地和闺蜜分析。

谁知闺蜜对小薇的话不以为然："女人嘛，有个工作能养活自己就行了，追求什么事业啊，那都是男人想的事儿，我们女人就别把自己弄得太累了。"

"看来，闺蜜和自己没有共同语言。"小薇心里无奈地说。

过了几天，小薇又和自己的男闺蜜冯喆聊起了这件事，令她没想到的是，冯喆特别支持她的想法："换，大胆地换！别顾虑这顾虑那的，方向正确远远比速度快重要！干自己喜欢的、擅长的，你才能更容易干出成绩。表面上看你好像退步了，但从长远看，你是在进步，你是在接近目标。所以，没什么好犹豫的。"

冯喆的鼓励让小薇特别兴奋："还是你理解我，闺蜜们都不支持我。"

"哈哈，男人们对事业的看法更宏观、更长远，这和你们女人的视角是不一样的。以后，工作上的事儿多和我说说。"

男闺蜜胜过闺蜜

小薇在事业上遇到了问题时，分别找了自己的闺蜜和男闺蜜倾诉，得到了不一样的答案。闺蜜反对她的想法，男闺蜜支持她的想法。闺蜜和男闺蜜当然都是为小薇好，但却并不是都能理解小薇。

女人较之男人来说，感性、容易满足、目光短浅，对事业没有大的追求，这些都会造成女人对事业的看法不够成熟。而男人天生就必须在事业的战场上追逐，他们对事业有着天生的敏感，视野宽阔，见识宽广，看问题更全面、更长远，所以他们才能更理解你对事业的想法。比起闺蜜来说，他真的更懂你的事业。

男闺蜜懂你的事业，并非只是停留在口头上，在行为上他们也会支持你的事业。当你在事业上遇到挫折时，闺蜜或许只能在口头上安慰你，但没有更大的能力帮助你，所以解决不了你的燃眉之急。而男闺蜜可能本身就有成功的事业，接触较大的社会圈子，能为你提供工作的机会、事业的突破口，甚至能带你走向事业的巅峰。

别认为这些对女人来说不重要。每个人都有追求成功的欲望，只是社会的传统定位压抑、限制了女人的追求。女人如果总是在女人的圈子里转悠，便很容易被家长里短、老公孩子磨去了斗志，绊住了手脚。如果多和男闺蜜接触，便很容易受到男人身上那种"狼性"气质的影响，燃起奋斗的火苗，学到更多生存的法则。这也是为什么男闺蜜比闺蜜更懂你的事业、更支持你的事业的缘故。

人对事业的追求不单单是有个工作、混口饭吃，这只是停留在动物的阶段。人应该有更高的理想，追求一份事业的成就感，但大多数的女人还不能理解这些，所以如果你和你的闺蜜谈起这些，她们或许会讥笑你清高、自命不凡甚至异想天开。而和男闺蜜谈谈，他不但不会嘲笑你，反而会佩服你的志气，欣赏你的与众不同。所以，在对事业的追求上，男闺蜜比闺蜜更懂你。

男闺蜜比闺蜜更懂你的事业，这是由于男人和女人不同的性格、不同的生理特点、心理特点和不同的社会定位造成的。作为女人，因性别所限，必然有自己的不足之处、狭隘之处，若能和男人多交往、多相处、多学习他们身上的长处，弥补自身的不足，一定更有益于自己的成长和进步。

所以，男闺蜜不仅仅是懂你的事业，更对你的人生有帮助。

男闺蜜远比闺蜜理性得多

女人感性，男人理性，这是个不争的事实。

女人一把鼻涕一把眼泪地看肥皂剧，男人冷静理智地关注社会新闻。女人做事情只凭感觉，逻辑、理智什么的对她来说都是浮云；而男人不能没有逻辑，他们是理性的动物，要靠逻辑生存。

女人喜欢一个人的时候，那人的粗鲁也是酷的；但她讨厌一个人时，那人的任何殷勤都会令她恶心。女人永远无法完全客观地看待一件事情，直觉、好感、第六感，女人常常觉得这些和理智不靠边的感觉很准确，甚至成了她们选择感情的准绳。而男人即便是陷入感情时，也仍然保持着一半的理性。

为什么男人会比女人理性？

因为大脑构造的不同。男性是以左脑为优势半球的，左脑主要负责理性思维、分析与逻辑判断。另外，男性的大脑体积更大，可以充分发挥这些优势。所以，男人天生善于分析，非常重视力量和

第　二　章

控制。而女人，做事情往往只凭感觉或直觉。

因为社会定位的不同。社会要求男人必须要承担养家糊口的责任，必须要事业有成，必须要在社会上打拼生存下去，所以必须理性。而女人没有这么重的生存压力，所以无需那么理性。

男人比女人理性，女人的男闺蜜也比女人的闺蜜理性，这种理性主要表现在以下两个方面。

第一，面对感情，男闺蜜比闺蜜理性。

男人在恋爱时的许多判断是根据逻辑，而女人则是根据直觉、感觉、好感等。不管女人承认不承认，男人在思考能力上确实比女人优秀。男人痴情于女人时，对有可能的人会专一，对不可能的人一般会选择放弃并祝福对方；而女人则不管有没有可能，只要有感觉、爱上了，便会一头栽进去，一直坚持，不会轻易放弃，即便有时知道错了也宁愿错而不愿错过。

面对失恋，男人更比女人理性。男人能很快从感情的创伤中走出来，投入工作和生活，而女人则会沉浸在失恋的阴影中很久走不出来。面对感情，女人真的太感性、太冲动，"感情用事"是女人的标签。所以，男闺蜜在给女人情感上的意见时要比闺蜜理性得多。

第二，购物消费，男闺蜜比闺蜜理性。

逛街购物，女人只要听到这四个字便会兴奋地跳起来，再也没有其他事情比购物更让女人不理智了。女人购物从来没有清晰的计划和目标，即便有计划，也总是会打破计划，超支也是常有的事儿。尤其是看到漂亮的衣服，没钱也要借钱买；只要看到哪里打折，不管自己需要不需要，也先买了再说，但买过之后就后悔，"冲动购物"常常是用来描述女人的。

而男人可不会这样，买之前脑子里已经想好了自己需要购买什么、需要什么价位的东西，然后去商场直奔目标，不浪费时间，更不浪费金钱。在购物方面，男人可要比女人理智得多。所以，女人找自己的男闺蜜陪自己购物，一定比闺蜜陪自己省钱省时间。

如果你不认同，看看下面这个故事。

小媛想买套房子，她拉着自己的闺蜜和自己一起看房子。因为手里的钱不多，小媛只打算考虑小户型或二手房。她们来到一个新开发的楼盘，这个楼盘真是不错，小区花园非常漂亮，绿化面积很大，周边环境也很好，但最小的户型也要80多平方，小媛手里的钱连首付都付不起。

第　二　章

　　她决定还是不买了，谁知闺蜜却说："干吗不买啊，这么好的房子多让人心动啊，住在里面感觉多好啊。晚上在阳台上看夜景，白天在阳台上晒太阳，休息日到周围逛街、散步、喝咖啡，多美啊。买！没钱借钱也要买！"

　　"你说得容易，我还要贷款呢，首付再借钱，压力太大了。"

　　"首付不够我借你，到时让我到你这里蹭住两天，嘿嘿。"

　　"算了，我考虑考虑吧。"

　　回来之后，小媛给自己的老同学张霖打了个电话。多年的同学情谊，张霖堪称她的男闺蜜。张霖一听她要买房，立刻给她出主意："买房子可是大事，方方面面要考虑的事情很多。你手里有多少资金，能贷到多少钱，想买什么位置的，多大面积最合适，要让你手里的钱发挥到最大的价值。这样吧，我给你做个计划，再帮你打听打听，改天和你一块儿去看看。"

　　张霖的一席话让小媛的心里踏实了不少，男人还是比女人理智啊，什么问题先分析清楚，心里有了谱才会行动，哪像女人这么盲目冲动。

　　在张霖的帮助下，小媛在自己的单位附近买到了一套

男 闺 蜜 胜 过 闺 蜜

60平方的二手房，环境也不错，购物也非常方便。小媛非常满意，也非常感谢这位理性的男闺蜜的帮助。

男人比女人理性，尤其是面对大事情时，显得尤其冷静、理智，他们能客观地分析现状，并冷静地做出决定。所以，小媛找张霖帮自己买房子，当然更容易买到称心的。而女人比较容易幻想，会因此忽视一些现实的问题。如同小媛的闺蜜一样，看到房子漂亮，就开心得不得了，房子还没买就幻想着住进去如何如何，完全忽略了买房的一些现实情况。

闺蜜往往是和我们性情相投才成为好朋友的，所以思维方式难免相似，再加上同为女人，对同一件事情的看法基本一致。所以，在遇到问题需要支招时，闺蜜的意见往往帮助不大。

女人的情感比较丰富细腻，遇到事情容易停留在丰富的情感体验上，容易纠结于过去和现在，却不容易看清未来，也很难把注意力马上转移到对事情的解决上。

而且女人想问题很容易受到心情的影响，心情不好的时候，会冲动地给你一些错误的、片面的意见，而同样不理智的你，又没有冷静地分析这些意见的正确性，因而容易做出令你后悔的决定。

　　而男闺蜜则不同，他们能很快从不愉快的情绪中走出来，就算一时摆脱不了不快乐的情绪，他们也能把个人情感和其他的事情分开，不让情绪影响自己的言行。所以，无论你什么时候向他咨询，他都能够较为客观理智地给你意见。

　　尤其是在处理情感问题时，男闺蜜的理智性表现得尤为明显。可能有结果的感情他会鼓励你去追求，没结果的他会劝你："再痛苦也要放弃，因为长痛不如短痛。"而闺蜜却会附和你："知道你身不由己，算了，跟着感觉走吧。"

　　当你失恋时，男闺蜜会劝你："想也没用，既然已经失去了，何不当是一种成长？"而闺蜜却会这样说："知道你忘不了，我陪你一起去找他吧。"其实，找他又有什么用呢？所以，面对感情，男闺蜜要比闺蜜理智得多，他所有的言行都是在想办法解决问题，而不是让女人在感情中沉沦。

　　男人比女人理智，男闺蜜比闺蜜理智，我们必须承认这一点。这是女人渴望而不可求的，是由男女天生的一些生理特点和心理特点决定的。因此，多和男闺蜜在一起，有事情多问问他们的意见，你看待世界的视角和态度都会变得不同。

　　他们会让你从狭窄的小我中走出来，用"3D"的视角看问题想事情；他们会让你摆脱情感的纠缠，不再钻牛角尖，理智宽容地看待过去、现在和未来。他们也会给你灌输更加理性的消费观，让你不至于遇到"经济危机"。

理智的男闺蜜带给我们的一些理智的观念，是我们从闺蜜那里学不到的，而这些理智的观念对我们终身有益。

第 二 章

关键的时候，男闺蜜比闺蜜更有用

"关键的时候，男闺蜜比闺蜜更有用。"也许有些人会说："你这样说可不对，朋友可不是拿来用的。"当然，我们交朋友的初衷和目的，是为了实现一种情感的交流，而不是为了"利用"对方。朋友不是商品，不是一件东西，当然是不能拿来用的。

但是同时，朋友又是可以拿来用的。为什么这么说呢？因为朋友都是有"用处"的，他帮我们维修小家电、帮我们搬家、做我们情感的垃圾桶、给我们排忧解难，甚至为了帮我们出气和别人打架……在我们需要他的时候，他都发挥了自己的作用。

虽然我们刚和他们交朋友的时候，并不是为了要"用"他们。但是因为和他们之间有了深厚的友情，所以他们愿意为我们做他们所能做的，心甘情愿为我们所"用"。也就是说，朋友的"用处"是友情的附加值。

所以，只要朋友愿意，我们当然可以"用"他们。但是，这种用，不是利用，不是为了达到一种不好的目的而实施的一种手段，否则，

男闺蜜胜过闺蜜

那就是对这份友情的玷污了，你也很可能会失去这位朋友。

而男闺蜜会比一般的朋友更有用，因为他和我们之间的感情要比一般朋友深得多，非常愿意为我们所用。而且，男闺蜜都是有特长、有能耐、有才华、有素质的人，可被我们用的地方多着呢。

但是，我们为什么说男闺蜜比闺蜜更有用呢？难道男闺蜜的用处就一定比闺蜜更大吗？可不是嘛，闺蜜能帮我们修马桶吗？闺蜜能帮我们搬家吗？闺蜜能给我们最理智、最正确的意见吗？闺蜜能在半夜回家时保护我们的安全吗？闺蜜能在我们受到流氓骗子的欺骗时给他们一拳头吗？闺蜜能在我们遇到危险的时候挺身而出，甚至两肋插刀吗？

显然都不能！

而这些男闺蜜都能！

所以说，男闺蜜比闺蜜更有用。

男闺蜜比闺蜜更有用，还是跟他们身上的男人特质有关，他们的动手能力比女人强，他们比女人有力气，他们比女人更理智，他们比女人更强壮、更勇敢，他们比闺蜜更会打架。当然，这最后一条不能完全算是他们的优点，但是，在关键的时候，这最后一条特别管用。男闺蜜身上有这么多闺蜜所不具备的特质，怎么可能不比

第 二 章

闺蜜有用呢？

    所以，女人们交一个男闺蜜实在是太有益处了，不仅获得了一份友情，能够得到情感上的交流，还能够有这么多现实中的用处，女人们怎么可能不拥有一位男闺蜜呢？

    小旭是一个公司的普通白领。她的老公是搞工程的，经常在外地工作。所以，小旭在生活中遇到一些事情，需要有人帮忙的时候，还真是有些不便。还好小旭有个很好的男闺蜜，常常来帮她的忙。

    最近小旭可是遇到了一个不小的麻烦。她的上司时常发一些暧昧的、黄色的笑话骚扰她，在公司里也趁着工作之便接近她，甚至动手动脚。这可把小旭吓坏了，可是她又没有办法。这是她的顶头上司，如果撕破了脸闹得太难看，她就没法在公司干了，而且这事儿闹得众人皆知也不好。

    可惜她的老公不在身边，否则可以让老公去教训教训那个流氓。无奈，她把这件事告诉了她的密友马林。马林一听气得脸都绿了："竟然有流氓想要骚扰你，我去替你教训教训他。"

小旭一看马林这架势，有点担心："你去吓唬吓唬他就行了，可别打架，弄得不可收拾可就不好了。"

"放心吧，小旭，我有分寸。"

这天，小旭的那位流氓上司下班后，马林悄悄尾随在他身后，到了一个无人的地方时，马林大喝一声："站住。"

那个流氓听到后面有人喊，就扭过头来看，马林照着他的脸，猛地狠狠给了一拳，顿时，血从他的鼻子里流了出来，这个家伙捂着鼻子嚎道："你为什么打我？"

"为什么打你？认识小旭吧，那是我朋友，你敢骚扰我朋友，这就是给你的教训。你听好了，如果你敢再骚扰她，下次我打掉你的牙，如果你敢因此难为她，我打断你的腿。滚！"

这个流氓一句话也不敢反驳，捂着鼻子跑了。

虽然事后小旭的上司果然安分守己，再也没有骚扰、为难过小旭，但小旭还是埋怨马林太冲动了，不该打架，万一那个流氓还手怎么办，谁打坏谁还不一定呢，多让人担心啊。

马林哈哈一笑说："小旭，你就放心吧，这种男人都是草包，只会欺负女人，哪敢和我打。就算他还手，就算有

第 二 章

可能把我打伤，我也得上，我总不能看着你被人欺负吧。"

马林的话让小旭心里很感动，如果不是有马林这样的朋友，这个时候还不知道谁能帮上她的忙呢。

在小旭遇到大麻烦的时候，男闺蜜马林为她挺身而出，在关键的时候帮了她的大忙，这就是男闺蜜的用处。如果小旭没有这位男闺蜜，或者她没有求助于男闺蜜，而是向自己的闺蜜请求援助，那会怎么样呢？

也许，闺蜜会和她一起恶狠狠地诅咒那个流氓；也许，闺蜜会和她一起发短信骂那个流氓；也许，闺蜜会和小旭一样一筹莫展。那么小旭的麻烦就不一定能得到解决，起码不会解决得这么快，这么彻底。

而请自己的男闺蜜帮忙，就立刻使问题得到了解决。这足以说明在某些关键的时候，男闺蜜比闺蜜更有用。

在这种关键的时刻，为什么男闺蜜比闺蜜更有用？当然不仅仅是因为男人比女人更会打架，打架只是一种手段，而是因为男人比女人更血气方刚、更侠骨柔情、更正义凛然、更勇敢，所以他们会为朋友两肋插刀！

也许有人会觉得，敢两肋插刀就算真朋友吗？这样的朋友就比

96

男 闺 蜜 胜 过 闺 蜜

闺蜜更有用吗？当然不是！这只是说明了在某些关键的时刻，男闺蜜不会像女人那么胆小，他们不会在危险来临时退缩、逃跑，而是挺身而出，甚至挡在危险的前面。

而在这些危险的时刻，你不可能指望闺蜜帮你的忙，闺蜜尚不能自保，怎么可能在这时为你挺身而出。例如，你和闺蜜在公车上遇到了小偷，闺蜜敢出声吗？你和闺蜜在路上遇到了抢劫的，闺蜜敢和你一起反抗吗？这时，如果男闺蜜在你身边，你还会如此胆怯吗？当然不会。

男闺蜜比闺蜜有用的地方还很多，例如一个男人专家型的男闺蜜能帮助你更了解男人，一个女人专家型的男闺蜜可以帮你更了解自己，一个亦师亦友型的男闺蜜可以增加你对人生的理解，男闺蜜还可以给你更多事业上的指点和帮助……而这些，闺蜜都很难给你。

有时候，你想求朋友办点事儿，如果你对着闺蜜撒娇，有用吗？她只会抱着胳膊说："哎哟，肉麻。"但如果对男闺蜜撒娇，他会立刻缴械投降："好了，好了，帮你了。"这个时候，你会发现，男闺蜜比闺蜜好用得多。

比起闺蜜来，男闺蜜还可以扮演更多的角色：哥儿们、姐儿们、老师、父亲、兄长、最佳情感顾问、搬运工、维修工、保镖……

因此，在很多时候，很多方面，男闺蜜都比闺蜜更有用。

真正的男闺蜜，不单单是看他能不能和你玩在一起、聊在一起，更不是看他在你风光无限的时候能不能给你锦上添花，而是看他在你困难的时候，甚至是危险的时候，能不能及时出现在你身边，发挥他的作用，为你解决困难。而在这个时候，你千万不要客气，该用就用，因为真正的男闺蜜，都会心甘情愿地帮你忙，为你所"用"。

男闺蜜比闺蜜更令你放心

男闺蜜比闺蜜更令你放心，我相信很多女人都会这样说："这个，确实！"

有多少女人的男朋友都是被闺蜜抢去了，文艺作品里、现实生活中，这样的例子举不胜举；有多少女人的老公和闺蜜暗度陈仓，最终闺蜜成了老公的情人，相信这是很多女人心里难言的痛；又有多少女人的甜蜜恋情、幸福生活是被闺蜜的胡乱参与搅局了、搞散了、破坏了，相信也有很多。

有太多女人的闺蜜因此成了女人的"怨蜜"，甚至情敌、仇人！

有女人说："我再也不交闺蜜了，闺蜜令我太不放心。"

交了闺蜜的女人也说："我要好好保护我的老公，不让我的闺蜜接近。"

闺蜜和自己的老公太容易发生感情了？为何？

其一是因为闺蜜对自己的老公太熟悉。女人和自己的闺蜜之间总是无话不谈的，但这其中谈得最多的就是自己的老公：老公有什么爱好，有没有洁癖，有没有本事，赚了多少钱，什么性格和心理，和自己感情怎么样，甚至于闺房乐事都会和闺蜜说。闺蜜岂不是掌握了你老公的所有信息？所以她才能摸透你老公的秉性和规律，才能比较容易地掌控你的老公。

其二是因为女人爱炫耀和妒忌。谁炫耀？谁妒忌？女人炫耀，闺蜜妒忌。女人总把老公当作自己最大的成就，最大的资本，动不动就向闺蜜炫耀：我老公多帅啊，多优秀啊，多能干啊，对我多好啊……你找了个好老公当然是不错，炫耀也是你的权利，但架不住听的人心里不得劲儿："她凭什么找个这么好的老公，她哪里比我好啊，论姿色我也不比她差，有什么可炫耀的啊，再炫耀把她老公抢过来。"

其三是因为老公和闺蜜之间很容易发生感情。男人因为自身性别和社会定位的不同，天生就有一种保护欲和征服欲，如果和闺蜜相处时间长了，万一闺蜜又比自己优秀、漂亮，老公的心难免抛锚。而且现在的女人道德感丧失，物质欲望膨胀，看到一个男人优秀或多金，就会不顾对方是否有家室，主动诱惑或勾引，而男人对自身的约束力本来就不如女人，一般都抵挡不住女人的诱惑，所以，自

男闺蜜胜过闺蜜

然会和闺蜜发生感情。

从这几点看，闺蜜抢走自己老公的可能性太高了，这里就有一个活生生的例子。

小诺有两个关系特好的闺蜜，三个人一起合开了一家酒吧，生意不错。小诺觉得自己的日子过得不错，能和最要好的两个朋友一起做事，又有一个疼她爱她的帅气的男朋友。她和男朋友谈了几年恋爱了，也打算结婚了。

这时，家人打电话来，说她妈妈病了，让她回老家一趟。妈妈病了，她必须回去，但酒吧的生意正忙，缺人手，于是她就让自己的男朋友多过来照看照看，毕竟结了婚，这也是他的生意了。男朋友满口答应了。

小诺的男朋友和小诺的两个闺蜜把酒吧生意打理得很好，私下里也玩得挺好。

一个月后，小诺从老家回来了，其中一个闺蜜告诉她，她的男朋友和自己的另一个闺蜜好上了！

"什么？"小诺不相信自己的耳朵，"为什么？才一个月的时间！"

　　原来，这个闺蜜早就觊觎小诺的男朋友好久了，只是一直没有机会，这次小诺回老家，她可逮着机会了，凭着姣好的脸蛋和身材就把小诺的男朋友给勾搭走了。

　　如同故事里小诺的经历一样，闺蜜抢走自己的男朋友，有时候就是这么容易。

　　正是因为如此，女人们才会抱怨着："闺蜜让我太不放心了。"

　　那么，不交闺蜜，交一个男闺蜜，这个问题岂不是就迎刃而解了？当然，男闺蜜可比闺蜜让你放心多了。你和他怎么聊自己的老公都没关系，他不会觊觎；你怎么夸自己的老公都没关系，他不会妒忌；他和你的老公走得多近都没关系，他们之间只能成为最好的哥儿们，这对你无害有益。所以，男闺蜜比闺蜜更令我们放心，这是一个不需要过多论证的事实。

　　男朋友或老公是女人一生中最重要的人，失去他对自己是多大的打击。交一个闺蜜你始终要提心吊胆，小心防范，每天都过得紧张兮兮。而男闺蜜全然不会让你这样，他反而会引起你老公的紧张，因而让老公对你更加在乎，更加疼惜，生怕会失

男 闺 蜜 胜 过 闺 蜜

去你。男闺蜜的存在会使你的老公更爱你，这对你来说何尝不
是一件好事。

　　小霞结婚才一年多，她的老公对她很好，确切地说是
很在乎，上下班接送，每天问候电话不断，家务活不让小
霞干，周末所有的时间都陪着小霞逛公园、看电影。
　　别人都开他们玩笑："小霞，你们都结婚这么久了，怎
么你老公对你好像还在追求阶段，这么殷勤啊？难不成还
怕你被别人抢走啊？"
　　小霞的老公说道："当然怕被抢走了，有一个正虎视眈
眈呢。"
　　小霞笑道："什么虎视眈眈啊，我不就是有一个男闺蜜
嘛，你紧张什么啊。"
　　"我当然紧张了，你和这个密友关系可是比我铁，你们
俩相处时间长，他又比我能干，我不对你好点，说不定他
什么时候就出手了。"
　　小霞听了老公的话，幸福地笑了。
　　小霞的密友知道了这些，哈哈一笑道："能让你的老公

更爱你，看来我这个密友有存在的价值啊。不过，你让你的老公放宽心，我对你绝对没有非分之想，以前没有，现在没有，以后更不会有。"

　　这个故事，和上面那个故事完全相反，闺蜜的存在使我们失去了自己的爱人，但男闺蜜的存在却使老公更爱自己，男闺蜜和闺蜜谁更令我们放心可见一斑。

　　闺蜜和你的老公走得越近，你越担心；男闺蜜和你的老公走得越近，你越放心。闺蜜越漂亮，越优秀，你越担心；但男闺蜜越帅，越优秀，你越放心。

　　男闺蜜比闺蜜更令人放心，还包括其他方面。

　　和男闺蜜说什么都更放心，因为闺蜜爱八卦，而男闺蜜嘴却很紧；和男闺蜜说自己的感情更放心，因为男闺蜜不会像闺蜜那样给你乱出主意；生活中有了什么问题交给男闺蜜处理更放心，因为男闺蜜一般都比闺蜜的办事能力强；男闺蜜成为自己老公的朋友更放心，因为男闺蜜可以帮自己"看着"老公，让他更加循规蹈矩。

　　闺蜜的嫉妒、八卦、小心眼会让你们之间的关系由闺蜜变成"怨

男 闺 蜜 胜 过 闺 蜜

蜜"，而男闺蜜的大度、包容则会使你们的关系越来越铁。男闺蜜比闺蜜更令人放心，这是有众多的事实证明的，也是众多女人心知肚明的。因此，放心大胆多交男闺蜜，小心防范那些觊觎你老公的闺蜜，这是你的生存之道！

第三章
防范男闺蜜变情人

　　在男闺蜜的甜言蜜语面前，你是否能镇定自若？在优秀的男闺蜜面前，你会不会怦然心动？在男闺蜜带给你的幸福里，你会不会迷失方向？男闺蜜的心里，是否也和你一样单纯阳光？你若不提高警惕，不加强防范，男闺蜜变情人，有时就是那么容易。

小心！男闺蜜是情人的温床

　　情人，这是一个很暧昧的词语。它可以是一夜情的情人，也可以是家庭以外的第三者；可以是你的红颜知己或蓝颜知己，也可以是一个"有情"的人；可以是发生肉体关系的，也可以是纯精神交流的。总之，情人的概念很复杂，很宽泛。

　　但更多时候，"情人"在人们心中是个贬义词，人们对"情人"总是嗤之以鼻。很多人甚至自己都无法判断自己的情人是哪一种。世俗总是认为情人就是家庭以外的第三者，是企图破坏别人家庭的人，所以"情人"就成了一种见不得光的、令人唾弃的身份。

　　如果你敢于审视自己就会发现，每一个人心中都曾渴望过拥有一个情人。也许，你的道德情操很高尚，你只是渴望拥有一个能够精神交流的"有情人"，但这样的"有情人"也有可能会沦为另外一种意义上的"情人"。

　　男人和女人为什么会寻找情人？其实就是为了得到一种补偿——在伴侣那里得不到的，在情人那里找补回来。寻觅异性朋友的心理在某种意义上和寻找情人的相同，希望在对方身上找到伴侣或自己身上没有的东西：感情、品位、学识、修养等。

但女人若频繁地接触一个异性，无论对老公或者他人来说都是令人难以接受的事情。大部分人都认为，女人结婚以后，情感的重心应该是老公，生活的重心应该是家庭，应该用心经营夫妻感情和家庭生活，因为婚姻生活经不起哪怕一个小小的石子儿泛起的涟漪。

女人的生活里若出现了一位男闺蜜，某些思想不开放、心眼又不大、心胸又不宽广的老公会武断地认为这就是背叛、就是出轨、就是没道德、就是一种大逆不道。无论女人如何向老公解释男闺蜜并非情人，但老公总是不相信。

为什么你的老公会不相信你和男闺蜜之间只是友谊？

这是因为，今日的男闺蜜有可能就是明日的情人，男闺蜜就是情人的温床！

所以，老公们无法容忍这样一个"不定时炸弹"的存在。

男闺蜜是情人的温床，因为男闺蜜到情人之间的距离往往只是一步之遥，不懂得坚持原则和把握尺度的人，会极易跨越这个距离，使双方的情感变质，陷入感情的漩涡，给自己的爱人带来伤害。

第 三 章

　　陈东和李峰是大学时很要好的同学，那时的他们都爱上了温柔娴静的莉雅。李峰家境殷实，莉雅理所应当地选择了李峰做自己的伴侣。不过陈东并没有因此断绝与莉雅的联系，他和莉雅来往依然密切，他依然默默地关心着莉雅。他并没有破坏莉雅的家庭，只是成了莉雅的男闺蜜。

　　七年的时间过去了，李峰的公司规模日渐扩大，早出晚归的生活令莉雅很不快，他们之间常常发生争吵，有时李峰甚至摔门而去几天都不回来。莉雅心里很难过，她想，再美好的感情也抵不过七年之痒，她对李峰的不满越来越多。

　　这天，陈东约莉雅见面。莉雅见到陈东就泪眼婆娑，向他抱怨自己后悔嫁给了李峰，不然不会像现在这么委屈。陈东安慰着她，又回忆起两人曾经的校园生活，讲了自己在大学对爱情的憧憬和向往，也讲了自己对莉雅的爱慕之情。陈东的安慰让莉雅倍感贴心。从此后，莉雅的心情变了，她不再觉得家里冷冰冰，因为心中有了另外一个人带来的温暖。陈东与莉雅的感情迅速升温。

　　情人节那天，陈东带莉雅去看电影，看完电影又去酒吧，

防 范 男 闺 蜜 变 情 人

他们玩得很开心，喝得醉眼迷离，之后他们鬼使神差地去了宾馆……其实那时李峰已经在家等候多时，他非常想给莉雅一个惊喜，但是这一夜莉雅没有回来……

曾经的男闺蜜一夜之间变成了情人，如果你是莉雅的老公，你能不感到震惊吗？能不受伤害、不备受打击吗？

我们不否认男女之间有纯洁友情的存在，但我们同时也必须认识到友情变爱情有时就是那么容易，尤其是像莉雅的这位男闺蜜——交往多年，并爱慕自己多年。这样的男闺蜜变为情人那是再容易不过了。

如果莉雅的老公得知了事情的真相，一定会发出这样的感叹："哎，什么男闺蜜？不过是情人的温床！"

老公、男闺蜜、情人这本来是三个独立的概念。当你混淆了这三者时，你思想的天平就发生了倾斜。男闺蜜本来是一个健康的身份，却被你拖入了不堪的境地，一份单纯、美好的友情被你弄得龌龊不堪。

所以，拥有男闺蜜的女人们一定要小心，男闺蜜有可能就是情人的温床。因为男女之间的关系是这么复杂、多变，而人的心理又是这么贪婪和难以抵抗诱惑，现下社会人们的价值观又是这么混乱，

第 三 章

道德责任感又是这么低下。女人情感脆弱，容易空虚，甚至喜欢寻找新鲜感和刺激，这一切都是男闺蜜变为情人的催化剂。

我们可以和男闺蜜分享喜怒哀乐，但不要妄想在男闺蜜那里寻找刺激，一旦男闺蜜变成情人，对女人的感情和家庭都会带来巨大的变化，甚至成为你一生的悲剧。

所以，一个心理健康、对自己的家庭富有责任感的女人，应该懂得如何拿捏其中的分寸，懂得如何让男闺蜜始终停留在密友的位置上，彼此不逾矩。这是对这份友情的尊重，更是对老公包容自己、爱自己的回报。

男闺蜜只能装点我们的生活，但不能闯入我们的心灵；我们只能享受他给予的友情，却必须要拒绝他给予的爱情；我们可以与之握手甚至拥抱，却必须断然拒绝"性"。如果把老公比作一杯温开水，那么男闺蜜就是一杯令你神清气爽的柠檬果茶，而情人就是一杯令你难以下咽的苦咖啡，你想喝那一杯？

所以，女人们一定要弄清楚，男闺蜜只是密友，不要妄想把他变成情人，更不要妄想让他取代老公。请务必小心，男闺蜜是情人的温床，但只要你防范有度，男闺蜜就永远不会变成情人。

防范男闺蜜变情人

第一，控制好温度。男闺蜜是情人的温床，但如果这个床的温度过低，男闺蜜就很难变成情人。那么这个温度应该控制在多少度呢？我们知道情人之间需要激情，要想使激情燃烧，恐怕两人之间的温度要达到100度。那么，你和男闺蜜之间的温度就必须控制在100度以下。

你可以和他无话不谈，倾诉内心的烦恼或情感的困惑，但请不要在他面前过多地诉说老公的不是，不要跟他说你后悔嫁给老公，更不要给他乘虚而入的机会，特别是当你知道他对你有所企图的时候。否则，他很可能瞬间侵占你的心灵、变成你的情人。

第二，把握好尺度。我们知道，男闺蜜和情人之间的距离并不远，所以一定要牢记要把握好这个尺度。你可以在他面前流泪，但请不要轻易地趴在他的肩头哭泣，不要给他轻揽你入怀的机会；你可以和他一起吃饭、聊天、看电影、散步，但请注意你们两人身体之间的距离，不要给他牵手的机会，更不要让他带你走向那个令你们的关系发生变质的罪魁祸首——床。

你们之间可以什么都有，但不能有"性"；你们之间可以什么都说，但不能说"我爱你"；你们之间可以来往密切，但不能偷偷摸摸。如果你把你们之间的尺度把握在这个范围之内，男闺蜜想要变成情人，难！

第 三 章

　　有的女人会在和老公发生矛盾时，试图将男闺蜜变成情人，以此对老公实施打击报复。如果你有这样的念头或行为，请立刻 STOP!因为这样的念头和行为是害人害己，很有可能将你们三个人都毁灭！

　　女人的生活就像一锅鲜美的鸡汤，汤汁浓郁，香气四溢，男闺蜜就像是味精，加一点会使鸡汤的味道更加鲜美；而情人就像是朝天椒，辛辣刺激，加进去则会使清淡的汤汁变得辛辣无比，难以下咽。所以，该为自己的生活加味精还是加辣椒，聪明的女人一定会有自己正确的选择。

男闺蜜的甜言蜜语是攻破你心防的糖衣炮弹

谁不喜欢听到甜言蜜语，尤其是女人。有这么一句话："男人是视觉动物，女人是听觉动物。"足以说明女人是多么喜欢听到甜言蜜语。

被他人欣赏、肯定和夸奖，这本身就是一件特别快乐的事。由于社会传统的定位，男人大多担任了养家糊口的重任，这本身就是对他们的一种肯定。在工作场合，男人会得到上司、同事的肯定；在社会上，男人会得到亲戚、朋友的肯定。男人通过这些得到了心理的满足。

但再看看女人们，除了极个别的女人能成为职场精英，在事业上找到心理满足感之外，大部分女人都需要通过其他的途径寻找对自我的认同。女人通过何种途径寻找满足感呢？

有这么一句话："男人的世界是事业，而女人的世界是男人。"

还有这么一句话："男人通过征服世界来征服女人，而女人通过征服男人来征服世界。"

第 三 章

　　由此可见，女人渴望在男人那里得到认同，由此得到一种心理的满足感。这就为"女人为何喜欢听到男人的甜言蜜语"找到了心理依据。

　　在谈恋爱时，女人极易迷失在男人的甜言蜜语里。我们不能否认恋爱中的男人所说的甜言蜜语的真诚，但男人没有耐心也没有时间和精力说一辈子的甜言蜜语。婚后，男人那张会说甜言蜜语的嘴巴就似乎失去了这个功效，女人很少能从老公那里听到一句甜言蜜语，如果你央求他说一句，他可能会说："此时无声胜有声。"令你一下没了兴致；也可能会说："都老夫老妻了，还说什么甜言蜜语，多肉麻啊。"令你的心情立刻倍加失落。

　　这时，如果有另外一个男人能对自己说一句甜言蜜语，女人的心就犹如"久旱逢甘霖"，甜丝丝、美滋滋，特别是那种婚前都没听过甜言蜜语的女人，更是犹如"哥伦布发现新大陆"一样惊喜：世界上还有这种男人？

　　的确，世界上有这种男人，他们特别善于说甜言蜜语，无论何时何地、面对何人，他们都能说出一大堆甜言蜜语，特别是面对女人，他们犹如打了兴奋剂一样，甜言蜜语犹如泉水一样不断汩汩而来。

防范男闺蜜变情人

如果这样一个男人恰好是你的男闺蜜，是好还是不好呢？当然是好事，经常听到甜言蜜语的女人会保持愉快的心情，而经常保持愉快的心情会使自己变得年轻。但是，如果这个男闺蜜并非是你真正的密友，而是对你另有所图呢？那你可要小心了，他的甜言蜜语很可能是攻破你心防的糖衣炮弹。

小眉长相甜美、温柔可人，老公忠厚老实，对她是一心一意、疼爱有加，她的生活平淡而又幸福。

小眉的单位来了个男同事，男孩长得很精神，由于工作上要时常接触，小眉和这个男孩熟络起来。他嘴巴很甜，动不动就说："谢谢眉姐！""眉姐，你可真能干！"

很少得到夸奖的小眉还真有点不习惯。她说："能干什么呀，只是比你来得早一点，对工作比你熟悉罢了。也别再叫我眉姐了，我只比你大半岁。"

"好，那我不叫眉姐了，我叫你美人。"

一句话说得小眉更不好意思了，低头不语，这个男孩接着又说："怎么我说得不对吗？谁敢否认你是个美人呢？"

小眉走开了，但她的心里却感到了一丝暖意，从谈恋

第 三 章

爱到结婚这几年，老公从没有夸过她长得美，虽然她对自己的容貌很自信，但她依然很希望有人能偶尔夸她一句。

由于工作的频繁接触，加之这个男孩开朗外向的性格和能说会道的嘴巴，小眉和他走得越来越近。他俨然成了小眉的男闺蜜。他总是不失时机地为小眉送上一两句甜言蜜语，他的甜言蜜语说得总是那么恰如其分、不刻意，让人觉得甜蜜而不腻。

有时小眉禁不住想："如果我老公不那么木讷，也会像他一样，偶尔说一句甜言蜜语，那该多幸福啊。"

有时她甚至想："如果我没结婚，和这样的人谈恋爱，那该多甜蜜啊。"但她瞬间又打消了自己的想法："胡思乱想什么呢？老公对我多好啊。"

小眉只是想想，但这个男孩却把话说了出来："小眉，此生相见恨晚。如果让我先遇到你，我一定娶你做我的老婆。但不管怎样，你在我心里永远是最美的美人。"

男孩的话让小眉的心不禁怦怦直跳。她强烈压抑着自己那颗悸动的心，她觉得这个男孩快要闯进她心里来了。

这一天，是男孩的生日，她陪男孩过完生日后，男孩

防 范 男 闺 蜜 变 情 人

.

说要带她去一个地方。男孩的摩托车停下了，小眉抬头一看，
是一个小宾馆，小眉顿时怒火中烧，原来，他要的是这个……

男人的甜言蜜语对女人来说究竟是好是坏，这很难一概而论。
甜言蜜语本身没错，就看说甜言蜜语的人抱着什么样的目的。如果
抱着诚意去说，说和听的人都皆大欢喜。如果像小眉的那位同事那样，
抱着不正当的目的去说，其结果自然是要把听的人引入万劫不复的
深渊……和大多数女人一样，小眉也迷失在了男闺蜜的甜言蜜语里。
但庆幸的是，小眉在最后关头没有失去理智。

为何甜言蜜语有这么大的功效？这是因为"喜欢听好话"是人
的本能，特别是女人，她们是感性的动物，所以极容易被甜言蜜语
所打动。

那些带着不良目的的人，凭着一张抹了蜜的嘴，用甜言蜜语为
女人编织了一张美丽的网，让女人们晕头转向，不知不觉地跳入这
张网中。有时候甚至预感到了这是一个陷阱，仍然任其牵着鼻子走
进去，等到发现上当受骗则为时已晚，这时，你才会悔恨地长叹一声：
"什么甜言蜜语，不过是攻破我心防的糖衣炮弹。"

不管是多么亲密的朋友，既然是异性，就应该懂得亲疏有度，

第 三 章

什么话该说，什么话不该说，一个成熟的男人一定有自己的分寸。如果不懂得把握分寸，我们就要提醒他，如果提醒后他仍不知收敛，我们就应该对他"敬而远之"，把他踢出男闺蜜的行列。

当然，我们自己也要对男闺蜜的甜言蜜语产生一定的免疫力和抵抗力。除非是情窦初开的小女孩，谁没听过一两句甜言蜜语。特别是已经走进婚姻的女人，经历过世事的洗礼和平淡生活的磨砺，要再轻易地相信一个异性的甜言蜜语，那就太弱智了。

甜言蜜语的确很甜，它包裹着一层美丽的糖衣，极易迷惑你的双眼和心智，但你切记，这层糖衣包裹着的不是一颗甜丝丝的糖，而是一颗随时都有可能引爆的炸弹，会把你平淡而又幸福的生活顷刻炸飞。所以，请小心那些擅长说甜言蜜语的异性朋友，他们的甜言蜜语背后一定有着不可告人的目的。

单身女人更容易与男闺蜜产生恋情

已婚女性有男闺蜜，这多少会让人有些不安，不但老公会有些不放心，不知情的旁人也会指指点点，就连自己也无法做到百分百的坦然。因为，你无法确定男闺蜜对你完全没有企图，也无法确定自己的感情天平永远不会发生倾斜。

但如果你是单身，你和男闺蜜之间的交往就会轻松许多，无论你们将来做朋友或者做恋人抑或发展成为夫妻都是很正常的一件事。

单身女人，无论是未婚还是离异，无论内心单纯阳光还是曾经为情所伤，无论是青春年华还是红颜已老，大多数都有一颗孤寂的心。在情感的路上兜兜转转，颠沛流离，总受过一些伤，你多么渴望有一个人能陪伴你左右，抚慰你的心灵，赶走你的寂寞。这时，如果能有一个男闺蜜走进你的生活，你的日子一定会快乐许多。

虽然他只是密友，但他毕竟是一个令你欣赏的对象，在你感情空缺或尚未婚嫁时，有这样一个男人陪伴你，也是一件非常幸福的事。或许你也渴望和他之间能擦出点火花，制造一点浪漫，发生点什么。

第 三 章

这对一个单身女人，一个渴望情感温暖的单身女人来说，是多么正常的心理啊。

事实上也是这样，长期、频繁地和一个异性朋友接触，会发生什么，这是不言而喻的事。男闺蜜或单纯阳光、或温柔体贴、或幽默风趣、或博学儒雅，总是对你充满了某种吸引力，让你不由自主地爱上他、与他发生恋情。单身女人极易与男闺蜜发生恋情，这是一件很自然的事。

如果你的男闺蜜也是单身，这样的恋情当然会受到人们的祝福——男闺蜜由密友升职为男朋友或者老公，这是皆大欢喜的剧情，就如电影《失恋 33 天》的王小贱变成黄小仙的男朋友一样，不仅当事人非常幸福甜蜜，就连旁观者也会感动不已。

但如果你的男闺蜜是个已婚男士，这份恋情对你和你的男闺蜜来说恐怕都是一场劫难。这份恋情带给你的不是甜蜜，而是苦涩、纠缠、痛苦和纠结。

小涵离婚两年了。刚离婚的时候，小涵确实潇洒了一阵子。好不容易摆脱了令自己窒息的婚姻，她感到了一种从未有过的轻松。可时间长了，难言的寂寞又袭上心头。

妙龄女郎，谁不渴望爱情的滋润，谁不渴望来自异性的温暖？不过爱情这东西不是说有就有的，可遇不可求。所以，小涵在寂寞的心情中等待着。

还好，小涵有一个特别谈得来的男闺蜜，她的同事王雷。从小涵入职那天起，王雷就在工作上帮助她，或许是性情相投，两个人特别谈得来。在小涵的婚姻遇到挫折的时候，王雷给了她很多安慰。小涵离婚后，王雷帮着她找房子、搬家，鼓励她从痛苦中走出来，重新拥有生活的斗志。王雷的存在使她的日子好过了许多，在她的内心深处，王雷这个朋友有着非常重要的位置。

或许是小涵恢复了单身，或许是两人相处得太久、默契早已经太深，小涵和王雷越走越近，并各自都有了别的心思。两个人都在想，如果这份感情可以由密友变成恋人，那该多完美啊。

但是想归想，俩人却不敢越雷池一步，因为王雷早已经成家了，道德观念的束缚使两人始终保持着暧昧的距离。但是，行为上受道德的约束，情感却在肆虐泛滥，爱还是不可抑制地在两人心中蔓延开来……

第 三 章

渐渐地，咖啡厅、电影院、海边……都留下了两个人的足迹。虽然两人始终没有突破最后一道防线，但小涵知道，王雷已经沦为了自己的情人。接下来，两个人的路该如何走，小涵很迷茫……

为何小涵这么轻易就和王雷发生了恋情？这是因为一个女人和自己的男闺蜜之间本来就有感情基础，能成为自己的男闺蜜的人肯定是和自己合得来的人、能让自己欣赏的人，甚至是早就开始淡淡地喜欢上了的人。

女人若没有身份的束缚，自然也就没有了道德的约束，日久生情很容易。但碰到像王雷这样的已婚密友，单身女人也会非常无奈——不爱吧，情感的发生不受理智的约束；爱吧，又很难有结果。这样的恋情总是苦乐参半，自己甚至会沦为对方家庭的小三，对对方的家庭造成伤害。最终女人遍体鳞伤，也未必有好的结果。

但如果你的男闺蜜也是单身，那情况就简单多了。由朋友变恋人，由友情变爱情，这是顺理成章的事。长时间朋友的相处使你们早就了解了彼此的优缺点，比一开始就抱着恋爱目的的那种相处要自然得多，也让双方了解得更客观、更全面，这对你们之间的感情来说

防范男闺蜜变情人

不能不说是一件好事。

但单身女人与单身男闺蜜发生恋情真的就完全是一件好事吗？就百利而无一害吗？当时不是。朋友与恋人是完全不同的两个概念，我们都有过这样的经验：当一个异性是你的朋友时，你会在欣赏他优点的同时对他的缺点睁只眼闭只眼，因为朋友嘛，不必太苛求。但这个异性一旦变成了你的恋人，你看他的眼光就会不一样了，往日的优点突然变得很普通，没那么令你欣赏了，而曾经让你无所谓的缺点却在你眼中越放越大，令你难以容忍。

为什么会这样呢？其实就像照镜子一样，你站得远看镜子里的自己，觉得皮肤很好，你走得越近，脸上的斑斑点点就越清晰。看人也是这样，当对方离你远时，你会忽视他的缺点，离你近时，则会挑剔他的缺点。

而密友再密终究密不过恋人，我们对恋人的要求也要比对密友的要求高得多，所以男闺蜜一旦变成恋人，好像一切都不是原来的滋味儿了：彼此的互相包容变成了互相挑剔，互相欣赏变成了互相指责，甚至会愈演愈烈，昔日美好的感情完全走了样，变了味儿，不但爱情荡然无存，就连原本的友情也不复存在。这个时候，你不仅仅是失去一个恋人，同时也失去了一个男闺蜜。

第 三 章

　　这时，单身女性与男闺蜜产生恋情就变成了一件得不偿失的事。所以，如果你还没有十足的把握能使这份友情登陆着地——成功地发展为爱情并开花结果的话，那么还是不要轻易地改变你们之间的情感状态，不要将你的男闺蜜变成你的情人。因为爱情这东西是极难把握的，它比友情脆弱，又比友情复杂，更比友情的寿命短得多。所以，如果可以，还是不要试图将男闺蜜变成情人，维持一份单纯的、长久的友情未尝不是一件更好的事情。

优秀的男闺蜜总让我们怦然心动

欣赏美好的事物是人的一种本能。如果这个美好的事物是一个优秀的异性的话，会不会让我们的感觉更美好？答案是肯定的。优秀的异性总让我们怦然心动，这是一种再正常不过的心理反应，何况这位异性还总是在我们身边出现。他或帅气俊朗，或事业有成，或博学多才，或兼而有之，这样的一位男闺蜜总是让我们不由自主地怦然心动。

但心动之后呢？

你会胡思乱想吗？"如果我没有结婚就好了……"

你会付出行动吗？把他变成自己的恋人、情人甚至老公。

如果只是前者，对你的生活会有什么影响呢？有这样念头的同时你可能会自己笑自己："痴人说梦。"然后把这份心动埋在心底，守着自己平凡的老公继续过平淡的日子。

但也有可能是：至此之后，你看男闺蜜越来越顺眼，眼神越来越迷离，越来越情有独钟；同时，你看老公的眼光越来越无奈，越来越

第 三 章

没感觉，甚至越来越可憎。你越来越讨厌和老公待在一起，你觉得和他在一起是那么乏味；你越来越喜欢和男闺蜜待在一起，你觉得和他在一起的每一分、每一秒都是那么甜蜜，就连空气都比和老公待在一起时的更湿润了。

　　长此下去，你和男闺蜜之间的关系会越来越密，不但心越来越靠近他，就连人也走得越来越近，不可避免地就要发展成情人，对自己的家庭造成影响。

　　如果是后者，又会怎么样呢？你会心不由己地想念他，你会偷偷摸摸地和他交往，你会不惜破坏自己或对方的家庭，不惜伤害自己的老公或对方的爱人，只是为了把这个令你心动的优秀男人占为己有。

　　但结果一定就能如你所愿吗？男闺蜜就一定也会对你心动吗？他会和你一样愿意为这份感情付出行动和努力吗？你的老公或对方的爱人会轻易地放手吗？你在这样的拉锯战中能不受到伤害、不感到疲倦吗？最终你和这个让你心动的男闺蜜能走到一起吗？

　　答案无法肯定！

　　因此，女人对自己的男闺蜜心动是一件"前途未卜"的事情，甚至是一件没有结果的事情，会对你的生活带来负面的、甚至是可

第 三 章

没感觉，甚至越来越可憎。你越来越讨厌和老公待在一起，你觉得和他在一起是那么乏味；你越来越喜欢和男闺蜜待在一起，你觉得和他在一起的每一分、每一秒都是那么甜蜜，就连空气都比和老公待在一起时的更湿润了。

　　长此下去，你和男闺蜜之间的关系会越来越密，不但心越来越靠近他，就连人也走得越来越近，不可避免地就要发展成情人，对自己的家庭造成影响。

　　如果是后者，又会怎么样呢？你会心不由己地想念他，你会偷偷摸摸地和他交往，你会不惜破坏自己或对方的家庭，不惜伤害自己的老公或对方的爱人，只是为了把这个令你心动的优秀男人占为己有。

　　但结果一定就能如你所愿吗？男闺蜜就一定也会对你心动吗？他会和你一样愿意为这份感情付出行动和努力吗？你的老公或对方的爱人会轻易地放手吗？你在这样的拉锯战中能不受到伤害、不感到疲倦吗？最终你和这个让你心动的男闺蜜能走到一起吗？

　　答案无法肯定！

　　因此，女人对自己的男闺蜜心动是一件"前途未卜"的事情，甚至是一件没有结果的事情，会对你的生活带来负面的、甚至是可

128

防 范 男 闺 蜜 变 情 人

怕的影响。

也许有的朋友会说，你太危言耸听了，我不过是心动而已，我又没有行动。这样处理这份心动当然是比较妥当和理智的，但是，对自己老公以外的男人心动，会一点都不扰乱你的生活吗？能让你如此心安理得？特别是对那些传统的、道德感至上的女人来说，能一点不受到良心的谴责吗？

小榕婚后的生活一直很平淡。她的生活环境一直很单纯，研究生毕业后顺利地就业，工作不久后就结婚。她的老公是一个平凡的男人：学历一般，本科毕业；工作能力一般，普通白领；长相一般，不帅也不丑；性格一般，中庸又低调。这样的老公综合分其实不低，但小榕还是有点不满足——还是不够优秀。但不够优秀归不够优秀，她已经选择了，只能安心地过下去。

生活原本平淡而平静，小榕的心情和每一位婚后的女人差不多，虽然对生活不尽满足但很踏实。但这份踏实被一位优秀的男士打破了。小榕的单位新来了一个上司，年近四十，长得虽不是很帅，但举手投足、言谈之间颇有味道，工作上又很有魄力，性格有些张扬但又张扬得恰到好处。总之，一切都在小榕的欣赏范围之内，和这样的一位上司一起共事，工作也充满了乐趣。闲谈之余，两人发现双方竟然来自同一个学校，是同一个系的研究生，这层关系让他们之间的来往变得多了、密了，两人渐渐成了无话不谈的密友。

走得近了，小榕发现自己对这位男闺蜜的感觉变了，她每天都在期待着能和他单独相处，但单独相处时她又感到了自己的某种不自然，她不敢再直视他的眼睛，但眼光又在他转过头去时追随他的身影。小榕敏感地发现，自己对这位优秀的男闺蜜心动了。

回到家里，小榕看老公的眼神也变了，原本就不太优秀的老公在她眼里变得越发不可爱了，从哪一方面都找不到让她心动的地方，真不知道自己当初是如何下决心嫁给他的。

但含蓄又保守的小榕并没有因为对男闺蜜的心动而改变自己的生活，她仍旧守着不太满意的老公，过着平淡的日子，同时又维持着对男闺蜜的这份心动，她觉得这份心

防范男闺蜜变情人

动为她的生活增加了一抹色彩。

　　小榕觉得这样的处理方式既忠于老公又忠于自己，但是，她的内心又隐隐约约有点不安，因为她不知道这份心动若持续下去会怎么样……

　　小榕对自己优秀的男闺蜜产生了莫名的心动，这是一件可以理解的事情。谁都有欣赏美好东西的权利，更何况这不是一个东西，而是一个充满魅力的人。"异性相吸"本是一件极其自然的事情，它并不受道德和身份的约束，只是它发生在已婚人士的身上，就显得很无奈了。从情感上来说，他们似乎无罪，但从道德上来说，他们似乎又有罪。

　　所幸小榕并不是一个感情用事的人，她还在尽量控制着这份感情，不让自己陷得太深，也没有试图将这份心动化为行动，改变彼此的生活状态。她的处理方式很折中，既忠于情感又忠于道德，既可以独自品味对男闺蜜的这份淡淡的喜爱，又可以维系这份友情的存在，同时又不打破自己家庭的平静。

　　但很难说小榕的这种处理方式就是完美的。心动之后，她对老公的感情还能像以前一样吗？她难道不会在有意无意间冷落老公？

第 三 章

她在言谈举止之间能一点都不伤害老公吗？很难！心里若有了一个人，很难再对另外一个人付出足够的热情。

同时，她能把对男闺蜜的这份心动长期地压抑在心里而永远不说出来吗？她能够保证男闺蜜对她就没有同样的心灵的悸动吗？他们之间的关系难道不会由此产生质的改变吗？就算表面上一切都不会改变，但长期地压抑自己、将就自己的老公，对自己和自己老公何尝不是另外一种伤害？

所以，无论怎么说，对男闺蜜心动都是一件麻烦的事情。它会扰乱你的心情，就像投入湖面的一颗小石子，虽然只是激起了一点点涟漪，却会让你的生活翻天覆地。尤其是那些缺乏自制力、道德感的女性和她的男闺蜜，更是会让彼此的家庭陷入万劫不复的境地。

所以，聪明的女人，请不要随便对自己的男闺蜜心动，如果这份心动你真的无法控制，那么请学会将这份心动化为欣赏，请学会让这份心灵的悸动慢慢平静，请学会多欣赏自己的老公的长处，或者是他的平凡之处。自己的老公虽然没有那么优秀，但他是自己的；男闺蜜再优秀，但他终究不属于自己。

有些人注定只能欣赏不能随便心动，就算心动也别妄想能够拥有。美好的人和事不一定都要占为己有，欣赏是另外一种意义上的拥有。如果你能这么想，你那颗为男闺蜜悸动的心一定会慢慢归于平静。

第 三 章

来自男闺蜜的幸福感极易让我们迷失方向

感性的女人为"感性"这两个字，一生要付出很多代价，尤其是在感情面前，我们特别容易晕眩在感情的漩涡里，为感情迷失方向，失去自我。即便是在女人结婚以后，内心仍然会为男闺蜜带给我们的幸福感再起涟漪。

这世界上男人的种类很多，你不可能都遇到；优秀的男人也很多，也许没能成为你的老公，而最合适的人也许在你婚后才遇到。现实就是这么无奈，拥有最理想的永远是奢望。当你为平淡的、平凡的老公感到些许失望时，你身边的男闺蜜或许弥补了你的些许遗憾。

也许你的老公木讷，而你的男闺蜜擅长甜言蜜语，在你伤心难过时能为你送上贴心的安慰；也许你的老公严肃，而你的男闺蜜却风趣幽默，在你无聊烦闷时能逗你开心；也许你的老公迟钝，而你的男闺蜜是位女人专家，永远能猜出你在想什么；也许你的老公有点忽视你的存在，而你的男闺蜜却对你倍加呵护。总之，男闺蜜带给你种种的甜蜜和幸福，在这些甜蜜和幸福面前，你，能够镇定自若吗？

能够不为之心动吗？能够不迷失方向吗？

很难！

感性的女人对喜怒哀乐最敏感，一个带给我们幸福感的男人很难不让我们心生涟漪，甚至浮想联翩："他不是对我有意思吧？"有些女人在这份幸福感面前渐渐迷失了方向，感情出现了倾斜，甚至妄想撇下自己的老公，和男闺蜜有一个更幸福的开始……

我们很难说这样做是错还是对，女人当然有追求自己幸福或者让自己更幸福的权利，但这样做就真的是幸福吗？男闺蜜带给我们的幸福是真的幸福，还是一张美丽的网，甚至是一张刻意编织的网，等待我们自投罗网？

任何一份感情都会由新鲜走向平淡，女人和自己老公的感情也是如此，也许你们之间的感情正经历"痒"的阶段，所以，男闺蜜的一点点关心才会使你迷失方向。也许，你根本就没有弄清楚，男闺蜜为你所做的一切只是给予了一个朋友能做的一切，却引起了你的胡思乱想。

小婷的生活过得平淡而幸福，但她渴望更加丰富有品质的生活，因此，业余时间她喜欢和一帮驴友去旅行。每

第 三 章

次她都邀请老公一块儿去，可老公总说："风吹日晒的，有什么好玩的。"小婷于是只能作罢，但心里总是有点失落。

在小婷的驴友中，有个叫张博的人和小婷特别谈得来。他知识渊博、风趣幽默，非常懂得生活，和他聊天真的是一种享受。小婷生活中的喜怒哀乐都会跟他聊聊，他总能得体地安慰一番或轻松地调侃一番，有这样的朋友做伴旅行，旅途变得有意思多了。一来二去两个人成了很好的朋友，不但旅行时结伴同行，平时也时常出来坐坐聊聊。

和张博相处，小婷觉得非常惬意，她感到了一种从未有过的幸福，这是和自己的老公在一起时无法感受到的。这种感觉让小婷心里迷惘起来，她觉得选择老公也许是个错误，张博才是她心中的理想人选。在这样的念头的促使下，她越来越觉得和老公在一起不幸福，幻想着有朝一日能和张博走到一起。

正当她准备向张博表达好感时，张博却向她宣布了一个消息：他要结婚了！这个消息让小婷猝不及防，一下子惊呆了。她一直以为张博对她也是有好感的，没想到张博

136

防范男闺蜜变情人

> 只是拿她当朋友。看来这一切都是自己的幻想，这个男闺
> 蜜带给自己的幸福感让自己迷失了方向……

我们不能不承认，女人很容易被一种虚幻的感觉所迷惑，也很容易把异性对自己的好当成爱，但事实往往不是这么回事儿。张博对小婷只是一种好朋友的关心，并没有超越友情的其他意思，而小婷却独自沉浸在了张博带给自己的幸福感里。

生活中总是会出现一些更绚丽的东西，迷惑我们的双眼，让我们以为这就应该是我们追求的东西，实际上这种东西有可能就是一堆泡沫，只要你伸手一触，它就会立刻破灭。

男闺蜜带给我们的感觉就是这样，也许他能带给你一种新鲜的体验，一种难以言喻的幸福感，但这种感觉是短暂的，或者只是一种表象、一种你的臆想，当你试图长久拥有它时，它就消失了。

而有些不负责任的男闺蜜，喜欢在女人面前卖弄他们的才华，展现他们的优秀，表演他们的温柔体贴。当女人为他们动心时，他们却不负责任地说："我对你只是一个朋友的关心。"当女人想和他们共创一个更幸福的未来时，他们却拍拍屁股潇洒地走人了。

这样的所谓"优秀男人"实在该让人唾弃！

　　但我们也不能否认，有时候这种幸福感是真实存在的，我们不能否认它的价值，它确确实实给女人的生命带来了靓丽的色彩。但女人们也应该清醒地意识到：什么是生活的常态？美丽的彩虹确实会让我们为之兴奋雀跃，但更多的时候我们每天面对的，是不会引起我们任何心情变化的日升日落。所以，日升日落才是我们应该追求的生活，而彩虹只是生活的调料，我们不可能靠调料活着。

　　和老公在一起的日子也许平淡得如每天的日升日落，这种平淡也是一种幸福，只是我们习惯这种幸福太久了，因此感觉被淡化了，但离了这种平淡我们却无法活下去。

　　男闺蜜带给我们的幸福感新鲜又带着点刺激，好像长期喝白开水的时候突然喝了一杯果汁一样，会让你产生这样的错觉——日子就应该天天喝果汁。实际上，白开水永远最有益于身体健康，天天果汁的日子，不是每个男人都能够提供得了的。而且果汁一旦天天喝，人也会习惯。感觉也和喝白开水差不多。

　　所以，女人应该学会满足，不要去追求一种可望而不可即的生活。我们可以为来自男闺蜜的幸福感晕眩一阵子，但千万别因此就迷失方向，做出错误的决定，影响自己的情感选择，打破自己原本平淡但幸福的生活状态。更不要轻易误会男闺蜜对我们的关心和体贴，这只是一份普通的正常的友情，不要随便臆想和加工，这会让你打破自己内心的平静，也会使你和男闺蜜之间这份友情不知该何去何从……

第 三 章

看清他心里的小九九

女人的男闺蜜总让人颇有微词："他们之间只是朋友关系？恐怕没那么简单吧。"女人们对此总是不以为然："让他们说去，反正我心坦荡。"问题是，你心坦荡，不代表对方心里也坦荡。你拿对方当朋友而已，对方不见得只是把你当朋友。

有一些男人，表面上当你的男闺蜜，实际上是为了接近你，伺机把你变成他的情人。你抱着单纯美好的目的和他交往，他则揣着肮脏的想法觊觎你的人。即便他的想法没这么肮脏，起码也不像你的目的一样单纯。

对于这样的男闺蜜，他心里有着什么样的小九九，你一定要看清楚！

那么，该如何判断自己的男闺蜜对自己是不是有非分之想呢？那就要从接触的过程中去观察，尤其要留心细节。

男闺蜜是否尊重你。一个真正的男闺蜜知道自己的定位，他知道你们之间的关系再密再铁，也终究不过是朋友。所以，他知道该

防 范 男 闺 蜜 变 情 人

如何把握自己言行的尺度，不该说的话不会说，不该做的事不会做。这是对你的尊重，更是对你们友情的珍惜。

而那些话里有话，时不时在言语之间占你"便宜"的男闺蜜，你就要小心了。有的男闺蜜不但在嘴上占你便宜，还利用和你近距离接触时对你"揩油"，那么他的目的就很明显了，他对你的企图决不单单是密友。这样的男闺蜜，你最好和他保持距离，甚至要考虑是不是要把他清除出男闺蜜的行列。

但更高明一些的人不会做得这么明显，他会先利用男闺蜜的身份打掩护，接近你，获取你的信任，让你为他动心，然后再利用机会达到他不可告人的目的。这样的男闺蜜心里的小九九，我们很难在一时之间看清楚，但只要我们留心观察也可以发现一些猫腻：他们常常会话里有话，暗示你和他的关系可以更进一步；他们常常对你过分的关心；他们会时不时地制造一些和你单独相处的机会……如果你发现了诸如此类的一些细节，就一定要有所警惕——这个男闺蜜不单纯！

我们不能说所有对你有"意思"的男闺蜜的内心都是肮脏的、龌龊的，异性相吸、日久生情，男闺蜜在不知不觉中对你产生了爱慕之情是很正常的，只要他懂得用理智去控制情感，懂得在合适的时候释放这份感情，或懂得把握这份感情的走向，不伤害你又不伤害你们的感情，我们也可以在合理范围内继续和他做朋友。

小莲和身边的人相处得都很好，这和她的性格有关，单纯善良，还有些傻乎乎，用另一个词来形容就是"没心没肺"。这个没心没肺的小莲有个特别好的男闺蜜王铮，对小莲非常好。

无论小莲什么时候找他，他都随叫随到，小莲心里有了什么委屈，她都找王铮诉说。王铮年长她几岁，总能在各方面给她帮助，对她的关心体贴也超乎常人。

朋友们提醒她："这个王铮和你走得太近了，不会对你有什么企图吧。"

小莲哈哈一笑说："怎么可能，我们之间只是朋友，他对我就像哥哥一样，连我老公对他都很放心。"

的确，王铮认识她多年，和她始终保持着最单纯的友情关系，别说什么逾矩的行为了，就连一句过分的话都没说过。

就是这个让她放心的王铮，却在一次酒后说了一句让她很不放心的话。那是在一次朋友聚会时，王铮喝醉了，他当着众人的面对小莲说："小莲，我喜欢你很久了，要不是你老公捷足先登，我一定娶你做老婆。"

这句话让在场的人大惊失色，小莲也一脸尴尬。闺蜜悄悄对她说："我就对你说过，他对你绝不是普通朋友那么简单。"

聚会结束后，小莲故意疏远了王铮，这让王铮有点摸不着头脑，他问小莲："为啥不理我了？"

小莲说："王铮，你是我的好朋友，但永远只能是我的朋友，希望你心里也是这么想的。"

小莲的男闺蜜心里揣着不为人知的小九九，如果不是酒后吐真言，恐怕谁也不知道他心里的小九九。虽然王铮还没有越雷池一步，但很难保证他会一直这样自律。值得庆幸的是，小莲虽然性格没心没肺，但在大事上一点也不糊涂，她知道该如何处理这其中的关系。

我们不是不信任女性的男闺蜜，而是女人和男人之间的关系实在是太微妙了，今天你们之间是单纯的友情，不代表明天依然

第 三 章

是；你对他是友情，不代表他对你也是。如果你不够细心和敏感，很难看清楚对方心里在想什么。你以为在交朋友，也许你是养虎为患。

这世界上的好男人很多，但不能否认龌龊的男人也大有人在。这些龌龊的男人脸上并没有贴着标签，有的甚至隐藏得很深，也许这样的男人就在你的身边，就是你的男闺蜜，正在打你的主意。

也许你美丽、温柔、优秀，你的男闺蜜很倾慕你，但你很难弄清楚这倾慕的背后是什么，是单纯的友情还是有其他的意思。也许你觉得对方并没有什么越轨的行为，管他心里想什么呢？那么这位男闺蜜可能就是你生活里的一颗不定时炸弹。

所以，请务必看清楚男闺蜜心里的小九九，弄清楚他心里在想什么，你才能放心地与之交朋友，才能知道该怎么样和他相处，才不会给他伤害你的机会，也才能使你们之间的这份友情长久地维持下去。

一旦了解到男闺蜜心里对你有超越友情的想法和企图，你就要做出自己的反应，要立即打消对方的这种念头，或者和他保持距离，如果还不能制止他的不良企图，那么就要考虑是不是该和他断绝来往。千万不能什么都不说、什么都不做，那就是在纵容对方，纵容你们之间的关系往不健康的方向发展。

我们要看清楚男闺蜜心里的小九九，就是为了防范密友有朝一日变成情人；我们有交男闺蜜的权利，但没有让男闺蜜对我们保持暧昧的权利；我们要坦坦荡荡地交密友，但也要小心翼翼地防范密友。

第 三 章

男闺蜜变情人，有时只需捅破一张纸

　　男闺蜜，这三个字总是会让人们听之色变？只因这个词太容易让人浮想联翩：男闺蜜？该不是打着交朋友的幌子找情人吧？甚至有人会直接下这样的定义：什么男闺蜜？分明就是情人的代名词。

　　为什么大家对男闺蜜会有这样的错误定位？只因为在某些情况下，男闺蜜变为情人真的是太容易了，有时容易得只需要捅破一张窗户纸。为什么这么说呢？

　　首先，男闺蜜有着变为情人的情感基础。男闺蜜对女人的诸多情感——欣赏、同情、关心、怜惜，为女人所作的诸多事情——理解、支持、帮助、保护，某些部分在一定程度上和情人所能带给女人的东西很接近。男闺蜜和女人之间的感情不是一朝一夕建立起来的，他们一起经历了很多事情，甚至是许多风风雨雨。因此，他们有着深厚的情感基础，这为男闺蜜变情人提供了可能。

　　其次，男闺蜜有着变为情人的时间和空间条件。既然是密友，

防范男闺蜜变情人

肯定是接触频繁并经常在一起，男闺蜜们经常出现在女人的生活里，为女人做了大大小小的许多事情，这不能不令女人们感动，并不由自主心生感激之情，日久生情是人的正常心理，何况很多女人的男闺蜜又非常优秀，这也为男闺蜜变为情人提供了可能。

最后，有些人的异性密友身份是双方退而求其次的选择。很多女人和她的男闺蜜早已熟识多年，很难说谁对谁就没有一点男女之情，但两人可能因为种种原因没能往前再走一步。例如一方拒绝了另一方的求爱，而另一方又难以完全割舍，因此自愿成为对方的异性密友，这样还能常常陪伴在对方左右；也可能女人就是男闺蜜暗恋的对象，但因为不敢表白，就拿男闺蜜的身份打掩护，等待时机再次出击；甚至某些男闺蜜就是女人曾经的恋人。所以，这样的男闺蜜本来对女人就有"非分之想"，一旦有了某种催化剂，变为情人那是太有可能了。

正是因为这些原因，人们对男闺蜜总是有着某种程度的不信任。女人和男闺蜜之间也许早就有着某种情愫，在条件具备的时刻，只需某一方轻轻捅破那张窗户纸，男闺蜜就会在顷刻间变为情人。

第 三 章

电影《失恋 33 天》是一部票房极高的治愈系电影，这个电影讲的就是一位女性和她的男闺蜜的故事。黄小仙谈了七年的恋爱最终没有修成正果，原来男友和自己的闺蜜走在了一起，这个结果让黄小仙犹如当头棒喝。失恋后的王小仙心情失落痛苦，工作状态也极差。

在失恋后的 33 天里，男闺蜜王小贱始终站在她身后支持着她，想尽办法为她排解痛苦。在工作上为她排忧解难，为了给她换个环境帮她搬家，在黄小仙想要自杀时把她从死亡的边缘拉了回来，在黄小仙的前男友结婚时大闹婚礼帮她出气……

王小贱为黄小仙所做的一切，不能不令黄小仙感动。随着黄小仙慢慢走出失恋的阴影，她不由自主地爱上了王小贱，王小贱这位男闺蜜也自然而然地变成了她的恋人。

这个结局让不少影迷感动，觉得这样的结局最完美、也最顺理成章，男闺蜜和情人之间的距离，本来就是一步之遥。

但也有不少的网友说这样的结局并不好。男闺蜜是很容易变成情人，但当男闺蜜变成情人时，你就失去了一个男闺蜜。如果不幸以后分手了，你就不仅是失去一个男闺蜜，还要再

防 范 男 闺 蜜 变 情 人

失去一个情人。而到那时，你还能找到一个这么好的男闺蜜
站在你的身后，成为你的依靠吗？

看了黄小仙的故事就知道，男闺蜜变成情人极其容易。也许只
需要在关键的时候说那么一句话："难道你就没有考虑过我做你的男
朋友吗？"就可以立刻改变两人之间的关系。

但男闺蜜变成情人就真的是一件好事情吗？如果像黄小仙和王
小贱那样彼此都单身，可以说是一件令人皆大欢喜的事情。可如果
有一天两人分手，那么很可能两人之间连朋友都做不了。所以，在
你想捅破这张窗户纸之前，还是要考虑一下这个可能发生的后果你
愿不愿意接受。

如果你们之间有一方或者双方是已婚，那么把男闺蜜变成情人
就是一件极其危险的事情。不但你们要偷偷摸摸，受道德和良心的
谴责，一旦事情败露，还会伤害彼此的伴侣，甚至毁掉双方的家庭。
如果历尽千辛万苦能最终能结成正果，也不枉折腾这一回。可是很
多人却是闹得满城风雨、精疲力竭，最终却还停留在原地。或者是
破坏了双方的家庭，最终却还是走不到一起，那才是鸡飞蛋打、得
不偿失。

第 三 章

　　捅破那张窗户纸容易，但打破自己的生活状态，摧毁自己的家庭，再重新组建一个新的家庭，却是很难很难的一件事。到那时，你和男闺蜜之间的关系就会变得异常尴尬，在他人的异常关注下，你们既走不到一起，也很难再保持正常的朋友关系。

　　因此，虽然男闺蜜变情人，容易得只需要捅破一张纸，但这张纸女人千万别随便捅，即便是对方捅破了，聪明的女人也该考虑清楚，该不该"打开天窗说亮话"，如果觉得不妥，就要立即把这个窟窿堵上，让你们之间的关系继续保持在朋友的状态。

　　什么叫男闺蜜，其实就是恋人未满，朋友以上。如果你轻易地打破了这种状态，有可能最终什么都不是。所以，在和男闺蜜交往的过程中，一定要注意防范，不要轻易地把男闺蜜变情人。但是有时候，男闺蜜会不会变成情人，连我们自己也无法预知，因此根本无从防范。

　　最后，让我们做这样一个小测试，可以帮助我们解开心中的疑问。

　　1. 回到校园，你是否敢于向暗恋的对象表白？
　　　　不敢——到第 3 题

敢——到第 2 题

2. 在你的身边，男性朋友的数量如何?

几乎没有——到第 5 题

很多——到第 4 题

3. 对于生活，你是否感到消极?

从来没有——到第 6 题

有一些——到第 4 题

4. 早晨醒来，你的感觉怎样?

充满活力——到第 7 题

迷茫——到第 5 题

忧心忡忡——到第 6 题

5. 小时候，你是不是有一点性别不明显?

不是的，性别特征很明显——到第 7 题

是有一些——到第 9 题

6. 对于男闺蜜和蓝颜知己，你是否能够分得清楚?

感觉好像一样——到 B 选项

明白他们的区别——到第 8 题

7. 新年就要到来，你会给男闺蜜送怎样的礼物?

钱包——到 D 选项

古龙水——到第 9 题

8. 在你看来，有多少男闺蜜是最合适的？

五个以上——到 C 选项

一个就好——到 A 选项

和闺蜜的数量一致——到 D 选项

9. 如果有一天，你的男闺蜜告诉你，自己已经找到了
女朋友。这时候，你会做出什么样的反应？

她长得怎样啊？——到 A 选项

那么以后大家是不是要疏远了？——到 C 选项

这是不可能的！——到 B 选项

A. 成为情人概率：0%

你对情绪的把握非常准确，知道什么是朋友，什么是情人，知
道二者之间有着明显的区别，即使如何开玩笑也不会迷失头脑。所以，
你和男闺蜜成为情人，这是不可能的事情。

B. 成为情人概率：20%

你比较理智，很少感情用事。虽然你会觉得男闺蜜很优秀，有

时不免有些心动，但你会立刻想到倘若分手连朋友也做不了，因此不赞成将男闺蜜变成情人。

C. 成为情人概率：50%

你的身上有很强的矛盾性。虽然你觉得，密友变情人这种事情不太可能，但如果双方都是单身，那么在某种情况下，也许你就会情不自禁地成为他的情人。

D. 成为情人概率：90%

你是一个感性的人，面对男闺蜜的关心，你总是会很感动，产生一种错觉。尤其当你因爱受伤，男闺蜜又在身边时，你就会格外地感动，从而主动愿意和他成为一对情人！

做完这个测试，你的男闺蜜会不会变成情人，你心里大概就有了谱。如果没这种可能，你就可以放心大胆地和男闺蜜交往；如果有这种可能，你最好还是悠着点儿，尽量不要捅破这张窗户纸，毕竟男闺蜜变成情人，是有非常大的成本的，这个成本你负担得起吗？记得告诉自己：不是所有的后果，都是自己可以承担的！

第四章

警惕，假密友打你的主意

　　这世界上很多事情都真假难辨、扑朔迷离，爱情有真有假，友情当然也有真有假，男闺蜜也有浑水摸鱼者。随时随地要警惕、假密友——真流氓，正在打你的主意。

第　四　章

这些男人不适合做你的男闺蜜

交朋友的目的是什么？给自己带来快乐或帮助，帮自己在各方面有所提升。这个朋友一定是健康的、向上的、正直善良的。因此，并不是所有的人都适合做朋友，尤其是女人的男闺蜜，更不是所有的男人都适合。有些男人如果做了女人的男闺蜜，不但不会给女人的生活带来益处，还会带来不少麻烦。

究竟有哪些男人不适合做女人的男闺蜜呢？

第一，八婆型。

我们都知道女人喜欢八卦，所以觉得闺蜜不如男闺蜜可靠。但实际上男人里面也有八婆型的，这种男人像那些爱八卦的女人一样，说话喜欢叽叽喳喳、絮絮叨叨，对别人的私事尤其感兴趣。

你若不慎有了这样一个男闺蜜，说话可就要小心了。他的嘴巴像个大漏勺，今天从你哪里听来的话，明天他就添油加醋地批发给其他人。和他在一起，你的耳根永远难得清净，他喜欢把直接、间接听来的八卦消息和你分享，甚至喋喋不休，不絮叨到半夜三更决不罢休。

所以，如果你的生活不是特别清闲，还是不要找这样的男人做男闺蜜的好，这样的男闺蜜充其量把你当作一个"聊友"，只会浪费你的时间，不会给你的生活带来什么益处。

第二，"女人"型。

"女人型"的男人不是稍稍具有一些女人气质而已，他们简直可以说是男人中的"女人"。他们特别注重自己的穿衣打扮，比女人还重视皮肤护理，对金钱数字尤其精打细算，说好听点是会持家，说难听点就是比较小气，花起钱来抠抠搜搜，和女人在一起也不会随便请客。这种男人言行举止都有点阴柔气质。这种男人倒不是绝对不可以做男闺蜜，但大多数情况下不适合做女人的男闺蜜。

第三，风流博爱型。

有一种男人特别喜欢交朋友，尤其喜欢和女性交朋友，什么样的女人都可以成为他们的朋友。这种男人说好听点是人缘好，说难听点就是风流博爱。他们往往有点小才华，喜欢到处秀自己的男人魅力，也懂得怜香惜玉。他们很懂得讨女人的欢心，浪漫情歌、甜言蜜语，都是他们的拿手好戏。

这种男人有点君子风度，但也可能放荡不羁，他们介于好男人和坏男人中间，他们表面上很有文化，但骨子里可能是个流氓。他们也许会装成一个孤独、受伤的男人，吸引女人们去心疼他。他们和女人交朋友的目的就是让女人为他心动、为他发狂、为他痛苦，然后他们再不负责任地潇洒离去。

这种男人其实最危险，不但对已婚女人危险，对单身女人也很危险。女人千万不要找这样的男人做男闺蜜，因为他随时有可能把朋友关系升级，对你提出得寸进尺的要求。他伤害你的可能性很大，但还让你抓不到把柄。

所以，这样的男人女人们还是远远地躲开吧。

除了以上三种，故事里的这种男闺蜜，女人们也要慎交。

小静的男闺蜜小崔可是位好男人，脾气温和，对人实诚，无论大事小事只要叫他一声，立刻就来帮忙，是少有的热心人。他对外人都这么好，何况对自己的老婆呢。在老婆面前他更是一个好男人、好老公，老婆的话是言听计从，老婆的吩咐更是不敢有丝毫怠慢。

警惕，假密友打你的主意

国庆节的时候，小静单位里发了一些过节的物品，东西不少不好拿，她就给小崔打了个电话，让他下班的时候顺路帮她捎回家，小崔二话没说就答应了。正当小崔骑着电动车带着小静往她家里赶的时候，小崔的老婆来电话了："你在哪儿呢？"

"我刚下班，小静国庆节发了点东西，挺重的，我帮她带回家。"

只听电话那头大声喊道："谁让你又跟她在一块儿？她没老公吗？让你帮她拿？"

小崔的老婆嗓门之大，连小静都听到了。

小崔唯唯诺诺地说："她老公今天有事儿，我这不是顺路嘛。"

"顺什么路！别人的事儿你少管，尤其是这个女人的事儿。你马上给我回来，听到没！"

"好，好……我马上回去。"

小崔挂了电话，为难地看看小静……

小静连忙说："你赶快回去吧。你老婆我可惹不起，我打车回去吧。"

第 四 章

　　小崔忙不迭地道歉："对不起，对不起，这次帮不了你了，下次有事儿找我啊。"说完骑着电动车一溜烟儿地跑了。

　　小静望着小崔的背影，摇摇头说："下次我要是再找你，你老婆不得把我吃了。"

　　小静的男闺蜜小崔倒是很老实的男人，他们绝对不会像风流博爱型的那种男人一样到处招惹是非。这种男人非常听话，尤其是听老婆的话，芝麻绿豆大的小事都要向老婆汇报。老婆的命令他们唯命是从，老婆指东他绝不往西。这种男人其实就是大家所说的"妻管严"。

　　"妻管严"男人倒是一个好丈夫，但如果做了女人的男闺蜜会怎么样？他想帮你做点事情，他老婆一个电话，他立刻消失不见；如果你和他走得过近，他的老婆兴许会找上门来，找你大吵大闹，说你勾引了她的老公，令你落个破坏别人家庭的名声。

　　和"妻管严"型的男闺蜜在一起，你不但要郁闷，还要担惊受怕。所以，"妻管严"型的男人也不适合做女人的男闺蜜。

　　死要面子型的男人也不适合做女人的男闺蜜。

　　这种男人虚荣心非常强，尤其是在女人面前，总喜欢吹牛。不足十人的小公司，他可以吹成跨国集团；从淘宝上买来的几十块钱的领带，他可以吹成正牌的韩版货；他最怕别人说他没本事、不仗义，因此喜欢装阔；他总是信誓旦旦地拍着胸脯说："有事儿找我！"等你真的有事儿找他了，他却悄无声息地溜了。

　　这样的男人做女人的异性朋友，刚开始你肯定会觉得他很不错，可时间长了你就会发现，他除了夸夸其谈，真没其他本事。交朋友就是要坦诚和真诚，所以，这样的男人还是避而远之的好！

　　以上这几种男人顶多给女人带来一些麻烦，伤害还不是很大，最可怕的是那种没有责任感、拈花惹草、处处留情的花花公子，还有那些道貌岸然的伪君子，以及那些所谓的"有文化的流氓"和那些可怕的"色情狂"。这些男人别说做女人的男闺蜜了，就是做一般朋友那也会惹祸上身，所以，这种男人绝对不适合做女人的男闺蜜。

　　看了我的总结，也许你会觉得这个世界太可怕了，怎么有这么多可怕的男人。其实并不是这样的，这世界上的男人大部分还是好的或者不好不坏的，只有极少一部分男人是我上面说的这些男人，只不过我把他们罗列在一起了，你才会觉得坏男人这么多。

第 四 章

　　但不管怎样，女人在交异性朋友的时候还是要擦亮自己的双眼，看清楚他是个什么样的男人，千万不要随便把以上这些男人当作自己的男闺蜜。

密友还是流氓，你要看清楚

　　那英有一首歌，也许我们都听过："雾里看花水中望月，你能分辨这变幻莫测的世界；涛走云飞花开花谢，你能把握这摇曳多姿的季节……借我借我一双慧眼吧，让我把这纷扰看得清清楚楚明明白白真真切切……"

　　那英的歌告诉我们：这个世界是纷繁复杂、变幻莫测的，其纷扰是很难看清的。而处于这个世界上的人，最难看清的则是：善良还是邪恶？老实还是精明？真诚还是虚伪？你很难一眼看穿。如果他善于伪装，即便接触时间长，你也很难看清楚他的真面目。

　　女人的男闺蜜也是如此，他是真密友还是假密友，你能够给个百分之百的肯定回答吗？他是密友还是流氓，你能够在一时之间弄清楚吗？

　　社会复杂，人心险恶，坏人常常打着好人的旗号，流氓常常带着情圣的面具，你身边的这位男闺蜜是真密友还是真流氓，你没有孙悟空的火眼金睛恐怕很难看清楚，尤其是那些涉世不深、单纯善

第 四 章

良的女人，更是难以看清楚他们的真面目，不但不懂得防范，还和这些假密友推心置腹，来往过密，殊不知这些假密友有可能是披着羊皮的狼……

这些流氓披着各式各样的外衣：也许是健康阳光的大男孩，也许是不善言谈的老实人，也许是温文尔雅的学者，也许是关心体贴你的长者，我们无法肯定他们是不是表里如一。也许他们正是利用这些身份获取你的信任，得到接近你的机会，然后再实施他们早已盘算好的计划，达到他们不可告人的目的。

不过，有些男闺蜜是不是流氓，却是可以很快判断出来的。这些男闺蜜和女人说话时不懂得把握分寸，喜欢"姐姐、妹妹"地乱叫；利用近距离接触的机会伸出他们的"咸猪手"，占女人便宜、吃女人豆腐，成天满嘴黄色笑话。这些密友一看就是流氓，这种男人如果天天出现在自己身边，那还不令人作呕？这种男人还是赶快清除出密友的行列吧！

　　小晨，一个单纯善良的好女人，身边有一群单纯善良的好朋友，尤其是她的男闺蜜大鹏，更被她视为最要好、最信得过的朋友。大鹏是小晨在一次朋友聚会上认识的，阳光的外形、能说会道的嘴巴，使他一下子成了众人的焦点。小晨也是自来熟的性格，因此很快就和大鹏熟络起来。

此后，无论是小晨还是大鹏要参加什么聚会，都会叫上对方。两个人都喜欢热闹，又都喜欢运动，所以关系越来越好，成了彼此的密友。小晨在生活中遇到了什么困难，大鹏也自告奋勇地帮忙。大鹏的热情善良让小晨很受感动，但却让小晨的老公有些吃醋，还不无担心地说："这个小伙子干吗对你的事儿这么热心，该不会对你有什么企图吧。"

"我都结婚了，他能有什么企图，你把心放到肚子里去吧。"小晨对老公说。

确实，这个男孩阳光单纯，从来没对她说过过分的话，有过过分的举动，怎么会对她有所企图呢。

但就在这几天之后，一个经常和小晨和大鹏一起聚会的朋友，悄悄对小晨说："你知道吗？这个大鹏有一个交往了很长时间的女朋友，都快要谈婚论嫁了，但大鹏又去勾搭别的女孩，前几天两个女孩在大鹏家门口都快要打起来了。"

"不会吧，"小晨听到这个消息非常惊愕，"大鹏是个做事非常谨慎的男人，怎么会做出这种事儿呢？"

第 四 章

　　"这可难说，现在的人啊，知人知面不知心，表面都是一副正人君子的样子，暗地里干的事儿却阴暗得不得了，你和他走得那么近，还是小心点吧，说不定他还会打你的主意。"

　　小晨听这话吓了一跳，他们是朋友啊，而且自己都结婚了，他怎么会打自己的主意呢？小晨对这事儿将信将疑，又想起老公的话，从此就长了个心眼，和大鹏来往没那么密切了。

　　后来，大鹏朝三暮四的传言被证实是真的，他不止和两个女孩同时在谈恋爱，还和单位的女同事暧昧不清。这让小晨大跌眼镜，一个健康阳光的大男孩，原来是流氓。

　　小晨庆幸朋友和老公的提醒，不然自己也有可能成为他玩弄感情的对象。

　　小晨的男闺蜜大鹏是真密友还是真流氓，恐怕谁都很难在一时之间下定义，因为社会的复杂、人性的复杂，决定了人都不止一面，在面对不同的人时，他们会展示出不同的一面。有些人说的和想的并不一样，而想的和做的有可能也不一样，单纯从表象来判断，难免判断错误。

　　虽然，是密友还是流氓很难在一时之间下判断，但他毕竟是个普通人，不是个天才的演员，从他日常表现的蛛丝马迹中还是能看出一些端倪的。真正的男闺蜜和你之间的交往自然真诚，而那些对你有所企图的流氓言谈之间必然流露出一些虚伪和刻意；真正的男闺蜜言行知道把握分寸，超越朋友身份的话不会随便说、超越朋友身份的事情不会随便做，而那些不怀好意的流氓时不时会流露出一些流氓的本性。

　　真正的男闺蜜知道尊重你们彼此的家庭，尊重你和他的爱人，而流氓在言谈之间可能会流露出对你老公的不屑或对自己老婆的不珍惜；真正的男闺蜜会很珍惜你们之间的友情，生怕有什么不妥的言行会影响了你们的感情，而流氓全然不顾这些，为了达到他肮脏的目的，能不能继续做朋友他根本就无所谓。

　　那些故意奉承、无事献殷勤、甜言蜜语天天挂嘴边、动不动就用迷离的眼神看你、对你过分关心体贴等不正常的举动，有可能都是流氓要实施流氓行为的铺垫。

　　因此，当女人们看到你的男闺蜜有这些不自然、不正常的言行时，就要在心里打一个大大的问号了："他究竟是要和我做朋友，还是有其他的目的？"

有些所谓的密友在刚开始还是一本正经、道貌岸然的，但时间一长就装不了了，老演戏他也累啊，所以，流氓习气、本性就慢慢流露出来了。因此，女人在交朋友的时候还是要多给自己一些时间观察和接触，不要认识没几天就引为知己、当作密友。

"害人之心不可有，防人之心不可无"，这是老话。尤其是现在越来越复杂的现代社会，尤其是对一个和你有密切往来的异性，防人的心千万不可没有。密友还是流氓，你一定要看清楚。我们不怕流氓，却怕身边隐藏着一个披着朋友外衣的流氓！

温情脉脉的伪密友，你防不胜防

曾经看过一篇文章，题目叫做《儒雅之骗》，看过之后毛骨悚然，不寒而栗，想世上还有这种骗子，手段之高级、骗术之高明，令人不得不佩服、不惊叹、不咋舌，看后不禁替女同胞们担心：这种骗子，恐怕大多数女人都会栽在他手里。要是有这样一位男闺蜜，女人们可就惨了，恐怕有一天即使泪眼婆娑也无从诉说。

有些女人好奇了："你说得这么可怕，究竟这种'儒雅'的伪男闺蜜是什么样的男人？手段有何高明之处？"

别急，这种男人有点复杂，得慢慢捋。

能实施这种骗术的男人都不是一般的男人，能担当"儒雅"之称号的男人肯定不是毛头小伙，他们的年龄至少在三十开外；外表稳重，决不给人轻浮之感；满腹才华，决不给人浅薄之感；可能事业有成，也可能穷困潦倒；他们从来就不主动追求女孩子，但他们特别擅长和女人若即若离,甚至,他们会成为女孩子心中唯一的"白马王子"，无论遇到什么事情，你第一个想起的就是他。

第 四 章

可是，这样的男人还有这样一种本领：即便有朝一日伤了你，你也无从说理。因为人家从来没有说过"我爱你"，甚至行为也从不逾矩。

看到这里也许你会纳闷儿，那他们是如何实施骗术的呢？那是因为，他们有一般男人所没有的吸引力。

他们比一般男人有个性，娘娘腔、妻管严什么的都和他们无关。他们可能会酷酷的，但不会太冷，吸引了你的注意，但不会把你吓跑；他们可能很风趣幽默，但不会太过贫嘴，能逗你开心，但却不会惹你厌烦。这种个性对大多的女人来说都有着致命的吸引力。

他们可能会点艺术，也许是个不得志的艺术家，没事儿的时候给你写首小诗，拽个文辞，让你崇拜得五体投地；他们博学多才，说不定还是个学者、教授，上知天文下知地理博古通今，有学识有阅历，无论你多迷茫痛苦，他们总能给你指点迷津。

无论他们是干什么职业的，他们都有一个共同的招牌：温情脉脉、温柔体贴，他们的每一句话都能说到你心里去，他们的每一个眼神都能让你心神荡漾，他们从不向你主动示好，他们就是要吸引你主动投怀送抱，而他们从不会拒绝。

这些人中的某些人其实也很高雅，但这个"高雅"必须加个大大的引号，因为他们很多时候并不图女人的身体，他们要的是女人的心，当他们看到女人为他心动、为他烦恼、为他痛苦、为他发狂，他的内心就激动不已！他感到自己真是魅力无穷，心中升起一种莫大的成就感和满足感！

但他们从来都不会为女人负责任，一旦被女人缠上，他们就会立刻找个借口溜之大吉。留下女人暗自垂泪，治疗伤口，每每想起就咬牙切齿！

你说，这样的男人可恨不可恨！这种高明的骗子女人们是不是防不胜防？！

小梦，一个单纯善良的女孩，喜欢文艺。即便是已结婚多年，柴米油盐的生活也没有改变她诗情画意的本性。在一次朋友聚会上，小梦认识了一位温文尔雅的男人，闲聊之余发现两人都喜欢文学，于是话题多了起来，越聊越投机，互相交换了博客地址，要拜读彼此的大作。

回到家后，小梦打开电脑，浏览这位男士的博客，她一下子被这个男人的诗吸引了、迷住了。他的诗短小精炼，但意境深远，绝不是普通文学爱好者的练笔之作，甚至超过了某些名家之作。有才华者必定有才情，他一定是位性

第 四 章

情中人。

怀着惺惺相惜之情，俩人很快成了好朋友。只要有时间，无论何时何地俩人都通过各种方式交流人生、理想、文学、艺术，当然也会涉及感情。时间久了，小梦渐渐发觉，自己的内心有了某种情愫，这个男人是本书、是口井，令她向往，吸引她去探索，而自己的老公充其量就是一块平地，一眼看穿，那么乏味。

小梦隐隐约约也感觉到，他的内心也一样有这种情愫，只是碍于小梦有家庭，不便表达。小梦听他说过，他尚未成家，还是自由之身。

随着俩人之间关系的熟悉，他们之间的说话方式也渐渐随意起来，这个男人说话不像刚认识时那样矜持、正经了，开始有意无意向小梦表达爱慕之情，甚至说些肉麻、甜蜜的话，但他表达得极为含蓄，一点都不色情。小梦虽觉得有些不妥，却并不反感。这个男人字里行间传达的意思小梦感觉到了。

怎么办？小梦想，如果能和这个男人相守一生该是多么幸福的事啊！但"恨不相逢未嫁时"，相见恨晚啊。就在

172

小梦内心纠结痛苦，甚至有了离开自己老公的冲动时，她收到了一条来自这个男人手机的短信："你是谁？你为什么老和我老公发信息？"

这条信息惊得小梦手里的手机都快掉了，镇静了一下，她回复过去："你老公？你是某某某的老婆？"

"是啊，我们都结婚十年了，有个八岁的儿子。"那头回复过来。

小梦差点晕倒，继续问道："他和我说过，他没结婚啊。"

"他对女人们都说他没结婚，他最爱用这种方式欺骗那些单纯的女人们了，你也被他骗了。为这事儿，我都跟他闹了几次离婚了，他死活不离，怕损害形象，影响他的事业……"

小梦的手机掉到了地上，她呆坐在了沙发里……

"真小人好对付，伪君子难防"，我们都听说过这句话。像小梦这位男闺蜜就是位不折不扣的道貌岸然的伪君子。有些流氓一眼就能看出来，有些流氓裹着一层"道德的外衣"。就像那句话说的："流氓不可怕，就怕流氓有文化"，有文化的流氓就是一只披着羊皮的狼！

第 四 章

何况这个流氓还温情脉脉、温柔体贴，更是戳中了女人们的心房，让女人们无可救药地掉进了他温柔的陷阱里。女人们若是交上了这样一位男闺蜜，就是一只脚掉进了陷阱里，如果在关键的时候能够有所警觉，把脚赶快从陷阱里拔出来，也许还不至于受到大的伤害。

也许有的女人会觉得这种高明的骗子世间少有，自己很难遇到。但真的遇到骗子时，你其实很难分辨，反而还可能会无数次地告诉自己："能遇到这个人，是自己一辈子的幸福！"其实，这是你的错觉。这种骗子常常穿着好人的外衣，混在好人堆里，没准儿就在你的身边；这种骗子没准儿就是你的上司、你的老师、你尊敬的长辈；这种骗子即使骗了人也会不留痕迹，让你抓不到把柄，有苦难言。

也许有的女人会说："算了，反正他也没骗到我什么，我既没做他的情人，也没和他私奔，更没为了他而离婚。"你这样想更错了，他扰乱了你的生活，折磨了你的心，让你不再相信这世界上的真善美，这就是你最大的损失。

所以，这些温情脉脉的伪密友，这些所谓"高雅"的骗子，可恨就可恨在这里，他们带走的是女人对世界怀着美好希冀的心，毁掉的是女人最为单纯美好的梦想。

所以，这些温情脉脉的伪密友，女人们一定要小心了。那些极富才华的男人你一定要小心，天才和骗子往往就是一线之隔。那些对你极尽体贴关怀的男人你一定要小心，他凭什么对你那么上心？仅仅凭朋友之情？那些喜欢和你搞暧昧、若即若离的男人你一定要小心，不管做什么样的朋友都要坦诚，一大把年纪了，有家有室的搞什么暧昧；那种试图用诗词歌赋打动你的男人你一定要小心，不是小女孩了，不能再被这种伎俩给骗了；那种不敢给承诺的男人更是要小心，再好的男人一旦不懂得负责任，都可以直接 PASS。

如果你能做到这些，我相信，那些温情脉脉的伪密友、伪君子，很难在你那里得逞！他的狐狸尾巴一定会被你揪出来，揪得他痛不堪言！

第 四 章

小心职场里的伪男闺蜜

　　职场，是很多现代女性都必须要经常出入的。一天二十四小时，除了家里，我们待的时间最长的地方应该就是职场——自己的公司。在公司里，我们很有可能交到一个男闺蜜。但女性朋友们千万要小心，职场也经常是那些伪男闺蜜经常出没的地方。

　　现代女性都非常在意自己在职场上的表现，职场生存状态常常影响着我们的生活状态，影响着我们生活得幸福与否。没有好的工作、较高的职位，就很难有高的薪水，也很难有好的生活质量。

　　所以，同事对自己是否认可，上司对自己是否满意，这些都是我们非常在意的事情，因为自己的职位能否升迁、工资能否增加，和这些都有着紧密的联系。

　　而女人在职场上难免要和异性共事，男同事和男上司是我们经常打交道的对象，为了干好工作我们必须与这些男同事、男上司和谐相处，尤其是想干成一番事业并出人头地的女人，不仅需要在工作上得到同事的赏识和赞扬，私下里也要和他们把关系处得很好，甚至要打成一片，来往甚密。

所以，有些男同事、男上司就成了女人的男闺蜜，有这些男闺蜜的提携和帮助，女人在工作上更容易做出成绩。但是，该如何处理与这些职场里的男闺蜜的关系，特别是与男上司之间的关系？离得远了，怕不受重视；离得近了，又怕成了男上司的猎物；不远不近，又很暧昧，分寸难以把握。上司对自己太好，自己心里忐忑不安，不知他是不是有别的意思；上司对自己不好，自己心里更是七上八下，因为自己的饭碗眼看不保。

这些问题，让某些职业女性感到头痛。她们担心的不是自己的工作能力不够，而是如何处理与这些男上司的关系。不可否认有些男上司是真正的男闺蜜，而有些却是打着交朋友的名义图谋不轨，妄想利用职务之便占女下属的便宜。

所以，女人的职场之路往往如履薄冰，她们一边要努力工作，一边要小心防范着身边那些伪男闺蜜。

　　小秋最近的心情犹如进入了霜降期，一片萧条。为什么会这样呢？这和她的男上司兼男闺蜜有关。

　　小秋的老公内向不善交际，年纪不小了但仍然是一个小职员，每天的生活朝九晚五、波澜不惊。刚结婚时，小秋还常常拿他和别人的老公比，刺激他上进，但她的老公对此好像有免疫力，没有一点反应，无奈，小秋只好自己努力工作，赚钱养家。

为了多挣些钱，小秋辞了教师的工作到一家外企做了翻译。但她还是不甘心，一心想做业务，觉得那样才能赚大钱。但小秋不善钻营，也不会谄媚，不知道该如何通过正常的途径才能达到自己的目的。正在小秋发愁之际，机会来了。

在一次商务谈判中，小秋不但圆满完成了翻译的任务，还在双方你来我往的交锋中，察觉到对方的破绽，及时通报信息，为公司赢得了商机。老板这时突然发现，小秋做翻译实在是太屈才了，于是立即把她调去做总经理助理。由此，小秋认识了她现在的顶头上司，一位外表风度翩翩，办事雷厉风行，为人宽厚大度的中年男士——刚。

在给刚做助理的一段时间里，小秋真正感觉到了一个有见识、有能力的男人不但能发掘女人的工作潜力，还能够提升她的生活质量。

刚对小秋有意栽培，常常带着小秋参加各种各样的行业和私人聚会，小秋 — 且在工作能力上突飞猛进，在衣着、举止、谈吐上，都有 很大的提升。这让小秋觉得过去的几十年都白活了，在这种高雅有品质的生活才是她真正想要的生活。

小秋觉得刚 一个对自己关怀有加的男闺蜜，所以也很坦然地接受刚 予她的照顾和关怀。然而，一个小插曲却改变了小秋 这一切想法。有一次，小秋和刚合作完成了一单大生意 刚邀请小秋和几个朋友一起去郊外的度假别墅聚聚， 祝一下。小秋爽快地答应了。结果，小秋却发现，所 的朋友聚会只有她和刚两个人，刚提出来，他们之间的 系可以更进一步——超越普通朋友的关系。小秋感到很受伤，断然拒绝了他的要求。

小秋的拒绝立刻产生了令她自己意想不到的后果：一周后，她的助理位子被另一个女人顶替，她被调到了后勤部门打杂，薪水降了很多。

刚是小秋的男闺蜜吗？表面上是，实际上却不是。没错，他在事业上是提携了小秋，但他的提携是有目的的，是为了让小秋有朝

第　四　章

一日能够"报答"他。他对小秋的照顾和关怀实际上是一种投资，这种投资一旦收不到回报，他就会气急败坏地对投资的对象进行打击报复。这种男闺蜜实际上是一种伪男闺蜜。

女人因为受性别所限，在事业上想做出点成绩往往更难，在职场的道路也要比男性更复杂。而她们和男同事、男上司的关系是最为敏感的，远不得近不得，一不小心就会成为他们利用的对象，甚至"潜规则"的对象。

"潜规则"是近几年来非常流行的词语，娱乐圈有潜规则，官场有潜规则，而职场也有潜规则。某些女人为了得到事业升迁的机会，有时不得不遵守这些"潜规则"——和男上司维持暧昧不清甚至是情人的关系。有些男上司表面上是要做你的男闺蜜，其实是为有一天能对你实施"潜规则"而做铺垫。

所以女人们怎敢大意呢？你必须要时时刻刻小心职场上的这些朋友，特别是对你有所帮助的男闺蜜，他们是真真正正发自内心想帮你呢？还是对你另有企图。一旦发现他对你另有目的，你又该如何做呢？你是为了事业前途忍气吞声甚至甘愿被"潜规则"，还是会像小秋一样不惜失去职位而断然拒绝对方？

我们应该为小秋的做法喝彩，虽然小秋非常在意自己的事业，但她坚守了自己的底线，没有为了事业而出卖自己，在关键的时候她把握住了自己，虽然失去了职位，但她看清楚了这位所谓男闺蜜的真面目。

我们的事业前途当然重要，但更重要的是自己对家庭的忠贞。我们要通过正当的渠道获取我们想要的东西，不能通过"友情"换取事业的提升，那些伪男闺蜜更别期望通过所谓的"友情"占我们的便宜。这是我们做人的原则和底线——友情不是互相利用的工具。

这也说明了某些"男闺蜜"的虚伪性。那些对你好的人，你一定要在心里打个问号：这些人对你是真好还是假好，这个男闺蜜是真的男闺蜜还是伪男闺蜜。女人们，请务必要小心职场里的这些男闺蜜，他们很有可能是伪装的谦谦君子。

最后，警告各位女人们：我们宁可丧失一个看似美好的职场机遇，也别给伪男闺蜜可乘之机。

别受玩心重的男闺蜜影响

要说玩，谁不爱玩？爱玩是人的天性，玩可以让我们快乐、轻松，变得年轻。玩是每一个人的权利，即便是成人也需要通过玩来放松身心。但什么样的年龄做什么样的事情，一个小孩若不成天玩，我们会担心他是不是病了；但一个成年人若成天玩，我们会怀疑他是不是有"毛病"。

一个成年人应该专注于事业和家庭，他的大部分时间和精力也应该放在事业和家庭上，玩只是生活的调剂，是为了有更好的状态来工作和生活。但有那么一些成年人，一大把年纪了还"玩心不死"，每天想的就是吃喝玩乐，贪图享乐。

尤其是一个男人，每天的话题不是工作、事业和家庭，而是去哪里吃、去哪里玩、去哪里唱K、去哪里消遣，把这些当成了生活的主要内容，工作是得过且过，能应付就应付，严重缺乏事业心和上进心，更缺乏对理想的追求，这样的男人能称得上是时代的好男人吗？

女人如果有了一位这样的男闺蜜，能给自己的生活带来益处吗？当然不能！

古人早就告诫过我们：玩物丧志。一个成天只想着玩的人很难拥有什么雄心壮志。女人若经常和这样的男人在一起，难免不受其影响，因为"近朱者赤，近墨者黑"，这是我们都懂得的道理。

也许有人会觉得：女人嘛，即使受到了影响也无所谓，毕竟这个社会对女人的要求没那么高，没要求她们事业多么成功，工作能力多么强。NO！如果你也有这样的想法，我只能说你的观念已经过时了。现代社会要求女人独立，也许社会对女人事业的要求还没有那么苛刻，但女人自己不该放松对自己的要求。女人唯有拥有一定的生存能力和独立的经济能力，才能更好地活在这个世界上。

所以，女人千万别受那些玩心重的朋友的影响，尤其这个朋友还是一个男人。一个玩心重的男性朋友，我们还是和他保持距离吧。

小晴是个喜欢热闹的女孩，身边总是有很多朋友，其中不乏一些异性朋友。有一个朋友和她关系很铁，她称之为自己的"男闺蜜"。这位异性朋友特别给小晴面子，只要小晴无聊了、烦闷了，一个电话他立刻就赶过来，陪着小晴胡侃乱侃。吃喝玩乐他更是带劲儿，场场不落。

小晴这个密友生活中除了玩好像没有其他的内容，很少见他正正经经上班，更别提他有什么职业规划，人生理想了。有时跟他聊起这些，他就说："想那么多干吗，人活着就是'今朝有酒今朝醉''千金散尽还复来'。怎么痛快、怎么快乐怎么来。"

这个男闺蜜除了陪小晴玩，什么也不能帮到她，他工作能力很一般，薪水不高却喜欢胡乱花钱，所以总是到月底就囊中羞涩，经常向小晴借钱。

这个男闺蜜倒是陪着小晴打发了很多寂寞无聊的时光，但有些朋友却劝她："这样的朋友还是不要经常跟他在一起了，除了吃喝玩乐什么优点都没有，浅薄无知没内涵，和这样的人在一起待久了必定玩物丧志，对你的生活和事业一点帮助也没有。这样的人不适合做好朋友。"

小晴的老公也对她有些不满："什么朋友嘛，成天就知道玩，一个大男人，一点事业心都没有，你老跟他在一起，可别被他带坏了。"

　　朋友和老公的话提醒了小晴，她觉得大家说的不无道理，交朋友要给自己带来正面的力量、健康的生活，而和这个男闺蜜待在一起，只会荒废时光，有害无益。在冷静地想过之后，小晴渐渐疏远了这个吃喝玩乐的公子哥儿。

　　小晴的这位男闺蜜是位典型的公子哥儿，喜欢吃喝玩乐，贪图享乐，不学无术，不求上进，不懂得节制开销。和这样的人在一起，除了挥霍人生以外，还能给自己带来什么好处？如果让他做了自己的男闺蜜，你的人生观、价值观难免要受到负面的影响。

　　不要觉得这是杞人忧天。因为，这样的男人通常没什么内涵，你跟他谈抽象派油画，他说是垃圾；你跟他说希拉里·克林顿，他问是谁；你想跟他聊聊股市的涨跌起伏，他说不懂。他关心的就是自己的那点吃喝拉撒，只要听到去哪里玩，他就立刻兴奋异常。

　　这样的男人其实还没有长大，在心智上还是一个孩子。这样的男人做女人的男闺蜜，不但对女人的事业没有帮助，对女人的生活也没有帮助。所以，女人要小心，别让这种玩心重的男闺蜜影响了你积极向上的人生态度。

现代人的生活压力都比较大，工作之余找些消遣娱乐本无可厚非，但一定不能本末倒置，不能让玩占据了生活的重心。那些极度爱玩的人都是内心非常空虚、生活极度无聊的人，没有更正经的事做，没有更多的生活追求，才会用玩乐填补自己的生活。

他们不愿为工作付出更多的努力，因为比之玩乐，工作总是辛苦的，而有些人就总是逃避辛苦的，选择轻松的。这样的男人不足以配得上"男人"这个称呼。女人若选择这样的男人做自己的男闺蜜，对自己的人生不仅没有什么提升，还会严重影响自己的生活。

因为爱玩的人玩起来总是不顾时间，夜半不归家也是常有的事，所以会影响你的休息，不但打破了你的生活规律，影响了你的身体健康，更会影响了你第二天的工作；爱玩的人玩起来还会不顾身份、不顾形象，几杯酒下肚，微醉之余，会忘了男女有别，亲疏有度，得意忘形之际和你勾肩搭背，搂搂抱抱，引起他人误会，甚至会引起你老公的无名火，引发家庭危机。

贪图享乐，玩得过多，不但自己有种荒废光阴的感觉，也会在不经意间忽略了老公，尤其是和男闺蜜过多地玩乐，你的老公心里会作何感想？

　　所以，一个玩心重的男闺蜜，给女人的生活带来的负面影响可谓巨大。女人若有了这样一个男闺蜜，一定要经常提醒自己别受其影响。如果你难以保证不受其影响，那就和这样的人保持距离吧。我们宁可回归平静的生活，也不要这种看似欢乐的男闺蜜关系。

第 四 章

远离那些没有家庭责任感的男闺蜜

　　一个成年人成熟的标志是什么？做事情要有责任感。一个结了婚的人最应该具备的是什么？家庭责任感。只有具备家庭责任感的人才配拥有一个家庭，才有能力经营好一个家庭。中国曾经是被其他国家认为最具家庭观念的国家，但近年来，中国人的家庭观念指数却在降低，这一点在男人身上体现得尤为明显。

　　看看中国的餐厅里，每到晚上都是一桌一桌男人在吃饭，为什么他们不能回家吃饭？为什么他们不把老婆孩子带出来一块儿吃饭？他们美其名曰那是在谈工作、在应酬、在交际，为的是能够赚到更多的钱，给老婆孩子更好的生活。我们不否认有一部分人确实是因为工作在应酬，但更多的人却是借工作之名在外面玩乐，这样的男人算是有家庭责任感的男人吗？

　　当然不算！真正有家庭责任感的男人不仅仅是能够赚钱、给家人更好的物质生活，还要懂得陪伴家人，陪老婆孩子吃一顿饭，看一会儿电视，周末的时候带家人一起出去玩一玩。愿意花时间和家人消遣的男人才是真正有家庭责任感的男人。

但是现在的中国男人却不是这样，他们越来越像浪子。他们喜欢把更多的时间浪费在外面，和一群油头粉面的男人吃饭喝酒，在KTV里乱吼，和一群似熟非熟的女人打情骂俏、逢场作戏，更有甚者找情人、找小三、包二奶，对自己的老婆不忠、对自己的家庭不忠。甚至，他们不仅不反省自我，还美其名曰这是"现代生活"，是时髦，是潮流。

这样的男人，堪称最没有家庭责任感的男人。这样的男人，怎配得上"男人"二字？

一个对自己的老婆、对自己的家庭都不负责任的男人，能做女人的男闺蜜吗？如果真的成了女人的男闺蜜，能给女人带来什么呢？一个连自己的老婆都不愿意陪的男人，经常周旋在你的身边，能给你带来什么呢？

他懂得把握和你之间的距离和分寸吗？他懂得尊重他自己和你的家庭吗？他是在寻找一份友情还是在伺机出轨寻找情人？一个没有家庭观念的男人能赢得你的信任吗？

一个结了婚的女人拥有男闺蜜本来就是一件容易遭人质疑的事情，男女间频繁接触谁也不敢保证不会出一点问题。唯有那种道德观念强、家庭观念强、懂得约束自己的男人，你才可以放心大胆地与其交往。而那些没有家庭责任感的男人一旦成了你的男闺蜜，有可能会给你的生活带来轩然大波。

　　小芸在一家广告公司上班，她的上司张经理对她很好，工作上总是提携帮助她，下了班也喜欢约她和同事们出去吃个饭、唱唱歌。因为工作上经常得到他的指点，同时他看起来也非常和蔼可亲，所以小芸和他走得很近。

　　这天下班，张经理约小芸出去吃饭，刚好小芸的老公今天有事不回家吃饭，小芸也懒得回家做了，就和张经理来到一家小餐厅吃饭。

　　小芸问张经理："张经理，你好像每天晚上都在外面吃饭，不用回家陪老婆孩子吗？"

　　"不用！孩子有老婆陪着就好了。家里的饭天天都一样，没啥好吃的，不如外面的好吃。在外面我可以经常和你们这些年轻人在一起，回家我还要对着老婆那张毫无生气的脸。"

　　"呵呵，张经理，你怎么可以这样说嫂子呢。女人的脸有没有光彩，跟她的男人也有很大关系，你天天不回家陪她们，嫂子肯定会不高兴。"

"小芸啊，你结婚没多久，不理解。我们都结婚十多年了，哪用天天陪，我天天晚上回家睡觉就行了。"

小芸没吭声，但心里却摇了摇头，如果她的老公这么对她，她肯定会不高兴。

回到家里，小芸和自己的老公说起这件事，老公说："以后别跟他走得太近，这个男人没什么家庭责任感。"

小芸点了点头。

过了几天，张经理说安排小芸和他一起出差，小芸问："还有其他同事一块儿去吗？"

"没有，就咱俩。小芸，我想特别提携你，所以才把这个机会给了你。你可要好好把握啊。"

"哦。"小芸答应着，但心里却有些不安。

回到家，小芸的老公知道了这件事，极力阻止小芸和这个张经理一起出差，小芸于是给张经理打了个电话，声称自己病了，要请假两天，出差的机会给其他同事吧。张经理默默挂了电话，没说什么。

等小芸再去上班时，这位张经理对她的态度完全变了，

见面没了笑脸，爱理不理的，工作上也不再像以前那样处
处给她帮助。小芸一下子什么都明白了，她觉得自己和老
公的判断都是对的。

小芸很幸运，她很懂得保护自己，也很懂得防范他人，跟张经
理这样不尊重自己的老婆和家庭，也不尊重他人家庭的人，及时调
整了距离，没有给他可乘之机。

在现在这个社会，像张经理这样的人不少。他们对自己的老婆
冷冰冰，对自己的家人缺乏爱和关怀，却妄图在外面寻找"温暖"，
还有堂而皇之的理由——老婆缺少魅力。自己缺乏家庭责任感，还
把原因归结于他人，这样的男人是最没有担当的男人。

一个对自己的家庭没有责任感的男人，很难懂得尊重他人的家
庭；一个对自己的老婆缺乏爱的男人，很难真正地关心其他的女人。
这样的男人即便是做了你的男闺蜜，也不会给你带来朋友的关心、
照顾和帮助，就算关心你，那也是一种虚情假意，意图对你图谋不
轨的一种烟幕弹。

和这样的人在一起，无疑是和一个隐形的色狼在一起。所以，
女人一定要远离这样的男闺蜜，离得越远越好。

警 惕 ， 假 密 友 打 你 的 主 意

但是，不是每一个缺乏家庭责任感的男人都像张经理这样容易识别，有些男人隐藏得很深，我们很难得知他有没有家庭责任感，等知道的那一天，往往为时已晚。其实，对这样的男人还是有一些细节可以判断的。

那些爱老婆、心中有家人的男人会在言谈之间时常提起老婆，还会不由自主地夸奖老婆，下班后知道马上回家，有事回不了家也会及时给老婆打电话，出差知道给老婆买礼物，甚至会在不经意间向你炫耀老婆的美丽和贤惠，提起老婆他们会是一种开心和幸福的表情。这样的男人一定是有家庭责任感和爱自己的老婆的。

而那些很少提到老婆，或提起老婆就面露不悦，甚至在外人面前还数落老婆的不是，下了班也在外面消磨时间的男人，多半缺乏家庭责任感，抑或夫妻感情不和。这样的男人情感空虚寂寞，你一旦和他走得近，难免成为他的"猎物"。

所以，女人要尽量远离这些没有家庭观念的男人，别说要他们做你的男闺蜜，就是做一般朋友也要掂量掂量。唯有那些爱老婆、爱自己的孩子，并懂得自爱和尊重他人的男人，才能成为你的男闺蜜。

与男闺蜜建立最准确的关系

人要有自己的定位，人与人之间的关系也应该有所定位。女人和自己的男闺蜜之间必须有准确的定位。建立你们之间最准确的关系，把握你们之间最佳的距离，不要偏离，不要逾越，你们的关系才能健康良性地往前发展。

第 五 章

你和男闺蜜是永远都不会有交点的两条平行线

在看完治愈系电影《失恋 33 天》后，很多人都有了这样的感受：千万不要让你的女朋友有男闺蜜，因为她可能密着密着就把你踢出局了。在这个电影里，闺蜜抢了女主角的男朋友，但女主角的男闺蜜最终成了她的男朋友。

女人的男闺蜜真的这么容易让女人爱上吗？其实也没有这么容易！电影安排的是一种大团圆结局，而在现实的生活中，大部分女人和她真正的男闺蜜之间永远有着距离，很难爱上对方。

我们都有过这样的经历，和某一个异性朋友认识多年，关系也很好，感情也很深，彼此也很关心，但仍然是普通朋友，无法擦出爱情的火花。这就如同你的男闺蜜一样，懂你、关心你、照顾你、支持你，甚至天天和你在一起，这些表现和男朋友或老公并无二致，但你的男闺蜜仍然只是你的男闺蜜，没有变成你的男朋友或老公。

就像下面这个朋友的经历一样。

与男闺蜜建立最准确的关系

　　小畅第一次听到男闺蜜这个词时感觉很新鲜，等她弄清楚了男闺蜜的意思以后，才恍然大悟："照这么说，我也有一个男闺蜜。"

　　小畅有个从小一起长大的好朋友小新，以前没听说男闺蜜时，就拿他当自己的好哥儿们。他是小畅无话不谈的异性朋友，吃在一起，玩在一起，上学在一起，现在工作了还是在一起。他们俩在一起的年头可不短了，从上幼儿园的时候他就带着小畅，还和其他同学开玩笑说："小畅是我的，谁也不准碰。"

　　长大后好多同学包括家人都极力撮掇他俩成为一对儿，但却被他俩给拒绝了。为何？俩人都说："已经好得像亲人了，一点都没有心跳的感觉。"

　　从小到大都在一起，感情这么好，还没有心跳的感觉？这是为什么？似乎让人有些不可思议。

　　其实，只要你弄明白了朋友和恋人的区别，这个问题就不难想通。有人这么形容恋人和朋友：恋人就是两个人各弹一部钢琴，但时不时弹出相同的旋律；而朋友就如两条铁轨，一路同行，但永远不会交会。

第 五 章

　　由此可见，经常和你在一起并时常关注你的人并不一定会对你产生爱情，也就是说，无论你和男闺蜜之间多么亲密，但两人永远有距离，这个距离使你们永远保持着朋友的关系，无法变成恋人。

　　也许有的朋友会说，我和男闺蜜之间没有距离啊，我们很亲密啊。的确，你们在友情的领域里确实没有距离，但你们在爱情的领域里永远有距离。因为你们两个人过于熟悉，特别是对对方的缺点，所以也就没有了互相探究的欲望。爱情的产生是需要一些距离感和神秘感的，这样彼此才有探究和想要走进彼此心里的欲望。

　　所以，你和你的男闺蜜很难有爱情的交集，你们只能是两条不会相交的平行线。虽然爱情最终也会过渡到亲情，但起码在初期是需要一些神秘感的。你和男闺蜜之间缺少了这种神秘感，就很难产生爱情。而且，相处的时间长了，你们的性别在彼此心中就淡化了，所以很难有来电的感觉。

　　很多女性身边都有相识多年的异性，可能是发小，也可能是同学或同事，但彼此交往多年仍然是朋友，这就说明你们之间缺少成为恋人的某种情愫，缺少转变成恋人的某种因素，你们之间的关系就犹如两条平行线，只能彼此欣赏，但永远不可能相爱。

永远都不会相交的两条平行线，这就是你和你的男闺蜜之间最准确的关系。不要妄想随意改变这种关系，前进一步有可能无法走到另一条线，也有可能没办法退回原来那条线，最终只能是无法同行，分道扬镳。

男闺蜜就是男闺蜜，朋友以上，恋人未满，这是你们习惯已久的状态，也是你们难以改变的状态。

小珍和她的发小同年，从小学一年级开始，他们就一直同班。俩人爱好差不多，性格差不多，遭遇也差不多——都是比较调皮的孩子，经常挨打，所以经常在一起交流挨打的经验。由于同住一个小区，彼此父母的关系也不错，所以两个人之间的关系更是好上加好，对彼此再熟悉不过了。

但就是这样，两个人也一直没有发展出恋人的关系。有时候两个人也说："要不我们俩做男女朋友算了，反正都这么了解了。"可是却发现两个人之间找不到一点恋人的感觉，后来他们自己总结说："太熟悉了，对方啥糗事都知道，没有一点神秘感，也就失去了男女间的吸引力。"

工作后两个人去了不同的城市，于是失去了联系。N年

第　五　章

后，在一次同学聚会中，两人再次相聚，手握手看了半天
才说："这么多年不见了，怎么还像左手握右手啊，就好像
昨天才分开一样。"

两个人互相汇报彼此的近况，各自介绍自己的男朋友
和女朋友，并互相给予意见，又都笑着说："怎么你给我的
意见和我妈妈说的一样啊。"然后两个人又感叹："虽然多年
不见，但在彼此的心里仍然是最亲的人。"

小珍和她的男闺蜜有多年的感情，但仍然只是朋友，两人不是
没有想过再往前走一步，却发现不可能。朋友，是最适合他们的情
感状态，也是他们之间最准确的关系。

密友不是一朝一夕建立起来的情感，女人和你们的密友不要试
图打破这种状态，改变你们之间的关系，尤其是那些已婚的女人和
已婚的密友，就不要去自找伤害。

也许你和你的男闺蜜心中也有过泛起涟漪的时候，但这种涟漪
是一种假象还是一种真实的感觉，需要时间的检验；这种涟漪是一时
的错觉还是长久的心动，更需要时间的沉淀。等这段时间过去，你
也许会发现，涟漪消失了，心动没有了，你和男闺蜜之间的感觉仍

然只是朋友。

有人这么描述爱情和友情，说"爱情只需要发生，不需要培养，培养起来的都是友情。"我们先不论这句话的准确性有多高，但它至少可以说明，一个女人若想知道自己对一个男人的感觉是不是爱情，并不需要多长时间的考察。你和你的男闺蜜既然在相识的初期，没有擦出爱情的火花，就注定擦不出爱情的火花。

所以，你和你的男闺蜜必须接受命运对你们的这种安排：你们永远是两条不会相交的平行线，可以欣赏对方、关心对方，却很难走得太近，更很难走进彼此的心里。在友情的位置里，他永远排第一；但在爱情的位置上，永远没有属于他的地方。

如果你们只能做朋友，千万不要遗憾，因为友情比爱情更长久，也比爱情更坚强。恋人可能分手，老公可能离婚，但男闺蜜永远会陪伴你左右；爱人也许会和你短暂交会但瞬间又分道扬镳，甚至变成陌路或仇人，从此路归路，桥归桥，但男闺蜜和你就像两条平行线，彼此注视，永远朝着同一个方向走去。

第 五 章

你和男闺蜜的最佳距离：一米阳光

　　你和男闺蜜是不会相交的两条平行线，所以你们之间永远有距离，但这距离有多远？当然不会太远，否则就不是密友了。这个距离也许只有"一米"，往前走一步就会离对方很近，再往前走一步，就能踏入对方的世界。但是就是这两步，你却不能随便踏出，你们之间必须永远保持着这种距离，这是你们之间最安全的距离。

　　要想永远保持着密友的关系，要想使你们和你们的爱人心中更放心，你们之间的关系还必须更坦荡、更健康、更阳光。所以，你和男闺蜜之间的距离可以用一个词来形容——一米阳光，这是你们之间的最佳距离。

　　一米，代表着你们之间的关系很近，但同时又有距离；阳光，代表着你们的内心必须健康，不能有龌龊的想法，不要妄想变成对方的情人。如果你和你的男闺蜜都能把握这样的距离，相信你身边的人都会对你和男闺蜜的关系表示认同。

　　而女人该如何把握好这种距离呢？怎样才能让自己的男友或老公放心地让你和男闺蜜交往呢？

　　你可以喊他"亲"，但不能喊他"亲爱的"；你可以和他无话不谈，但最好不要对他说："有时候，我对你也有一点男女之间的好感。"你可以和他打电话，电话时间可长可短，内容可哭可笑，但请大大方方，千万别偷偷摸摸、藏着掖着；你可以扯扯他的衣袖，给他一拳或拍拍他的肩膀，但请不要和他勾肩搭背、搂搂抱抱。

　　尤其是在单独相处的时候，更不要拿暧昧的眼神去诱惑对方，对于对方的暧昧你也要及时察觉，学会拒绝。不然，你本来坦坦荡荡的一份纯洁友情就变得不再那么单纯阳光。

　　可是这样，也许你的老公仍然怀疑你们之间不单纯、不阳光，那怎么办呢？对于那些心胸不够宽广的男人，那就只有一招，就是让你的男闺蜜也成为他的"闺蜜"——哥儿们。和男闺蜜见面时带着老公一起去；和男闺蜜交往的情况让老公知道；邀请男闺蜜到自己家里坐一坐，让两个男人聊一聊、吃个饭、喝个酒。如果你这样做，老公还能怀疑你们之间不单纯、不阳光吗？

　　何炅是谢娜的男闺蜜，有人问谢娜的老公张杰，你老婆天天和何炅在一起，你不担心他们之间发生什么事儿吗？张杰哈哈一笑说：

第 五 章

"怎么可能？我和何炅的关系更好，何炅既是娜娜的男闺蜜，也是我的好哥儿们，我和娜娜能走到一起，还多亏了何炅的介绍呢。"

当自己的男闺蜜成了老公的朋友，这份友情的单纯性还有什么可质疑的呢？当你这样处理你和男闺蜜之间的关系时，你们之间的距离自然就保持在"一米阳光"之内。

　　小青在一家企业做内刊编辑，涛是单位的摄影师，因为部门人手少，所以几乎每次出去采访都是两个人搭档。两个人从上班到下班都捆在一起，一周五天，比夫妻待在一起的时间还长。两人在工作上无话不谈，私下里也成了彼此的好朋友。

　　如果有谁欺负小青，涛一定会挺身而出；小青遇到了什么难事儿，涛比小青本人还着急；小青有什么事情做得不对，涛也会毫不客气地提醒她。尤其是最后一点，更让小青把他当作自己的好朋友、好哥儿们。

　　但身边的朋友没有一个人对两人之间的关系指指点点，因为两个人都很懂得把握他们之间的距离，他们之间的友情始终没有"变质"。虽然工作在一个频率上，但私人感情永远不在一个频率上。所以，两个人的心中都非常坦然，出出进进也非常大方自然。

两个人都有各自的男女朋友，都曾恋爱、失恋。因此，他们成了彼此的情感顾问，倾诉的对象。两人也把对方介绍给各自的恋人认识，四个人经常一起吃饭、游玩。没有人怀疑过他们之间的感情有超越友情的部分。

也有人问他们："你们俩关系那么好，双方的男女朋友也不吃醋，周围的朋友也没有人怀疑你们的友情，你们是怎么经营这份感情的？为什么我有个关系好一点的异性朋友，老公就把醋坛子打翻了呢？"

小青笑笑说："呵呵，我们从来没有刻意经营过这份感情，就是很自然地相处，心里没有杂念，不管来往多密切，都知道把握分寸就行了。有底线、有原则、有距离，这几点不突破，就能让所有人相信我们是单纯的友情。"

他们知道，这段友情是职场中开出的一朵脆弱的小花，必须小心呵护，所以他们尽量让这份友情纯粹、阳光。

后来，他们各自结婚成家，这份单纯的感情依然存在。

第 五 章

　　小青和她的男闺蜜涛之间的距离可谓是女人与男闺蜜间的最佳距离：一米阳光。这样的距离令小青和小青的朋友、爱人都对这份友情感到放心。

　　其实，女人和她的男闺蜜之间，比男人和他的异性密友之间的关系更单纯，为什么这么说呢？

　　一方面，有理论依据：女人是情感动物，向往单纯的情感依赖，且在结了婚以后，对自己的家庭和老公比较死心塌地，就算有男闺蜜，也很少有非分之想，而男人是生理动物，天生就有一种保护欲和征服欲，若和一个女人接触过密，难免有杂念。

　　另一方面，有事实依据：曾经有一个调查，结果显示，70% 的男性承认和女性密友之间存在着暧昧关系，而绝大部分的女性则认为自己和男闺蜜之间是单纯的朋友关系。

　　从这两方面来说，女人和自己的男闺蜜之间的距离，保持在一米阳光的范围内是不难的。

　　也许有的女人还是觉得这样的距离不好把握，有没有简单的方法和原则，可以让她们轻松掌握？

第一，把握好尺度。女人和你的男闺蜜虽然经常在一起，但不代表你们可以经常单独接触或私下接触，大部分的时候还是应该和同事们、朋友们在一起，单独接触过多，难免给彼此制造产生火花或出轨的机会，也难免会日久生情。所以，关系再密切也只是朋友，还是要把握好交往的尺度。来往不可过密，也不可过近。

第二，注意好分寸。虽然说女人和男闺蜜之间无话不谈，但也不代表什么话都能说，过于私密的话最好还是不要说，更不要刻意去对方那里寻求安慰。人心都是肉长的，男女之间的感情又很微妙，同情很容易变成爱情。所以，和男闺蜜之间的聊天要注意好分寸。

第三，定位要准确。无论你和男闺蜜之间的关系有多好，感情有多深，请永远都不要忘了，你们只是朋友，请不要忘了自己的家庭、自己的爱人、自己身上的责任。就算你们相见恨晚，也只能把这份遗憾留在心中，更不要有找情人的龌龊想法和阴暗心理。

第四，不要忽略了闺蜜。为什么我们会和异性走得太近？很关键的一点在于我们有了男闺蜜，却忽略了闺蜜的存在。久而久之，闺蜜离你远去，你的身边只有他，这个时候你也不得不和他走得越来越近。所以，即便你和男闺蜜的关系再亲密，也别忘了身边一干闺蜜。他是你的财富，她们同样是你的宝藏！

其实，这些方法都可以总结为一条，别把男闺蜜藏起来，让他出现在你老公面前，你同事面前，你的朋友圈子里面，让他时不时晒晒阳光，这样的话，你和他之间的距离想突破一米阳光，恐怕也很难！

7×24 小时——与男闺蜜在一起的时光

如果我们做一个采访，问："你有异性密友吗？" 也许很多人都会回答："有。"

如果我们继续问："你和你的异性密友之间是单纯的友情吗？" 也许你会理直气壮地说："当然！"

如果我们接着问："你介意你的另一半有异性密友吗？" 也许你会犹豫一下说："介意。"

这真的是一个矛盾的命题！

我们希望自己有异性密友，却不希望自己的另一半有异性密友，这是为何？

这当然和人的自私心理有关，尤其是男人："女人结婚后就该守着自己的老公，怎么可以和其他男人保持密切的来往。他们整个星期都在一起，有时甚至白天夜晚都在一起，谁知道他们在一起做什么？如果真的只是普通朋友，需要天天在一起吗？" 是的，一个男人和一个女人天天在一起，会做什么？这给了他人无限的想象空间。

一个女人和她的男闺蜜天天在一起，到底单不单纯，清不清白？仁者见仁，智者见智。网络上的朋友也有不同的看法。

支持者

灵灵：他是我的上司，我们俩天天在一起工作，他是我的工作伙伴也是我的情感导师。我们之间的关系非常单纯，从未有过其他的想法和亲密的举动。

天蓝：我的男闺蜜比我大一岁，他是个思想成熟的男生。我们可以一起吃饭，一起看电影，一起玩电游，一起旅游，但是我们之间不来电。我相信男女之间有纯友谊，当然，那些博爱的人除外。

Joey：我相信有暧昧的异性密友，但不是所有的异性密友都暧昧。就跟不是所有男人面对诱惑都会出轨一样，大部分女人和她的男闺蜜之间都是纯粹的友谊，我相信。

反对者

小暖：我的前男朋友原来有个红颜知己。这个女人打着红颜知己的幌子来接近我的男朋友，最后把我男朋友抢走了。所以，我觉得男女经常在一起时间长了肯定出问题，女人和她的男闺蜜也是这样。

　　小 B：什么男闺蜜？就是想追求这个女的，想接近她罢了。

　　COCO：日久生情，天天在一起必出事。我不相信男女之间这么亲密还可以保持单纯的友情。

从网友回帖来看，大部分网友都相信，一个女人和她的男闺蜜经常在一起是单纯的友情，但也有不少人怀疑他们的单纯性。

我们不能不承认，在某些时候，人性不仅是自私的，还是狭隘的、龌龊的，对我们没有亲眼看见的事情，我们不是把它想象得很纯洁、很阳光，反而是把它想象得很肮脏。但同时我们也必须承认，人们的这种想法有其存在的合理性。

这是因为女人和男人之间的感情微妙又复杂，它是可以发生变化的。爱情可以变成友情，而友情变为爱情的可能性更大。一对孤男寡女天天在一起，这不能不让人浮想联翩：发生些什么太正常了。

就算女人可以信誓旦旦地对他人发誓说："我和男闺蜜绝对是纯粹的友情。"但如何能保证男闺蜜对自己就没有一点爱恋的倾向？也许，男闺蜜就是一个方便接近你的幌子。一个男人愿意和你走得那么近，很有可能是因为他由于种种原因不能和你谈恋爱，但不代表他心里不爱你。

这么一想，我们就很容易理解他人那些不信任我们的想法了。

但是，他人的想法我们无法控制，包括男闺蜜的想法我们也无法控制，我们所能控制的只有自己的想法、行为，我们只要做到在和男闺蜜相处的时光里，内心坦荡、真诚、健康，自己懂得把握言行的分寸和尺度，就无需理会他人是如何想的，"身正不怕影子歪"，也许这句话是对他人的质疑最好的回击。

如果我们能抱着这样的心理，那么在和男闺蜜相处的时光里，我们就无需过于小心翼翼，担惊受怕，可以自然放松地享受和男闺蜜在一起的快乐时光。

　　小婕在一家医院工作，她的大学同学杨凌也和她在同一家医院工作。杨凌对她有意思，这一点小婕早就知道，也是因为如此，杨凌才追随她到了同一家医院工作。但杨凌刚开始对小婕展开追求，就被她拒绝了。好在杨凌也没有纠缠她，从此成了她的同学、同事兼朋友。

　　因为同在一个科室，所以除了休息日，小婕和杨凌每天都在一起，抬头不见低头见，每天不聊聊天、贫几句，好像这一天就少点什么。同学聚会两个人也一起去参加，弄得大家都以为他们是夫妻。

小婕淡淡一笑解释道："你们别误会了，我们现在已经成为对方的密友了。"

"密友？谁相信？是甜蜜的蜜吧？"同学们还开玩笑。

"爱信不信。"小婕也懒得解释了。反正在她心里，杨凌就是他的密友，至于杨凌心里拿她当什么，她管不了。

后来，小婕结婚了，怕老公引起误会，小婕向老公报备了这个男闺蜜的存在。老公是个很自信、大度的男人，他让小婕坦诚地和杨凌交往，不要有所顾忌，他完全信任她。

有了老公的信任和支持，小婕的心里更坦荡了，她毫无芥蒂地享受着和杨凌之间的友情，工作上互相搭档、帮助，下了班一起吃饭、打球、聊聊心事，说说烦恼，互相开开玩笑。有这位男闺蜜的陪伴，小婕觉得工作时间变得快乐而有趣。友情也能带给人很大的幸福，和男闺蜜在一起的时光，小婕很珍惜。

第 五 章

　　小婕和她的男闺蜜杨凌几乎是 7×24 小时式地在一起，但谁也不能否认他们之间友情的单纯性。即使杨凌心里对小婕还有超越友情的想法，只要他言行不逾矩，我们就不能质疑这份友情的单纯性。因为爱小婕是杨凌的权利，因为爱不成而做小婕的男闺蜜，也是他的权利。

　　人是情感动物，无论是亲情、爱情还是友情，都能带给人幸福和快乐。友情不像亲情，是人生来就有的，也不像爱情，需要我们费心去寻找，它的出现是最自然的，它的存在是最随意的，它也是最容易被我们拥有的。

　　在亲人面前，因为对方是长辈，我们说话不能肆无忌惮；在爱情面前，因为太在意对方的感受，我们的言行要小心谨慎。唯独在朋友面前，我们最放松、最随意、最自然，因而最舒服，所以很多时候，我们喜欢和朋友在一起，尤其是和一个了解自己、关心自己的密友在一起。

　　和密友在一起的时光，简单、快乐、满足，没有任何压力，这也是众多女性喜欢和男闺蜜在一起的原因。

　　所以，和男闺蜜在一起的时光，就应该是简单的，不要有那么多复杂的想法，担心你会爱上他或者他会爱上你，越简单越快乐。

这一点，我们真应该学学男人的一句话：君子之交淡如水！越是放轻松，你们的友谊才越是纯洁；越是满心疑虑，你和男闺蜜之间才越是复杂！

和男闺蜜在一起的时光，就应该是知足的，有这样一位懂我们的朋友分享我们的喜怒哀乐，陪伴我们度过无聊的日子，就应该知足，知足才能快乐。

和男闺蜜在一起的时光，就应该是放松的，无话不谈甚至是"无恶不作"，开对方个玩笑、爆对方几件糗事、数落对方几句不是，谁也不会介意，和男闺蜜在一起就是这么放松，放松让我们快乐。

总之，和男闺蜜在一起的时光是那么快乐。即便 7×24 小时在一起，也很少厌烦。但是，就算 7×24 小时在一起，你们也依然只是朋友关系，任何时候都要牢记这一点。这，才是你们之间最准确的关系。

把握你和男闺蜜之间最准确的关系，所有的人，才放心你们7×24 小时在一起。而你们，也会陶醉于这 7×24 小时之中！

第 五 章

男闺蜜是一种"药"

男闺蜜是一种"药"？这是个奇怪的命题。男闺蜜不是一个健康阳光的朋友吗？怎么变成了一种药？让我们一起来解开这个疑问，看看男闺蜜究竟是一种什么药？

药，不光是治病的，也有致病的，一字之差，意义大相径庭。前者能治好你的病，后者能使你得病，甚至要了你的命。男闺蜜这服药也是如此。为何男闺蜜这服药的药力这么厉害？这和男闺蜜的作用不无关系。

男闺蜜有什么作用呢？他是你的情感顾问，是你情感的垃圾桶，是你最强有力的支持者，在你烦恼时听你倾诉，在你迷茫时为你找到方向，在你伤心难过时给你源源不断的安慰，在你一蹶不振时给你加油打气，甚至在你病入膏肓时为你下一剂猛药——一针见血地指出你的缺点，忠言逆耳让你清醒过来。

总之，男闺蜜所做的一切就是要你赶快"好"起来，变得快乐而健康。这么看来，男闺蜜是一服药，而且是一服良药。

就算你没有什么大病，但身体处于"亚健康"的状态中，男闺蜜也能使你摆脱这种状态。例如在你感到无聊时陪你解闷，感到有压力时帮你减压，感到疲惫时帮你放松。这时，男闺蜜不仅是一服药，还是一种对身体有益的"营养品"。

但是，某些时候，男闺蜜又是一服"毒药"，药力之大，甚至会要了你的命！

男闺蜜中总是有不乏优秀、不乏才华、不乏会说甜言蜜语的人，让你不由自主地爱上他，整日思念，夜夜难眠，欲罢不能。他搅乱了你的心思，扰乱了你的生活，让你吃不好，睡不好，心神难安。这时，男闺蜜就是一服"毒药"，让你身心俱损。

甚至，这位男闺蜜故意诱惑你，让你上钩，让你背叛你的老公，抛弃你的家庭，跟他双宿双飞，但到最后，他的承诺不过是一场空，你可能什么都得不到，却将原来拥有的全失去了。他毁了你的生活，却什么都给不了你，他使你备受打击，甚至失去了生活的勇气，冲动之下结束了自己的生命。他是不是比"毒药"还"毒"？

由此看来，男闺蜜真的是一服药，他能治好我们的病，也能要了我们的命。他能使我们从"病恹恹"变得神采奕奕，也能使我们从阳光健康变得黯然无光。

第 五 章

　　但是，为什么男闺蜜有时是"良药"，有时又是"毒药"呢？这
要看你遇到了什么样的男闺蜜，他是一个好人还是一个坏人，是一
个真朋友还是一个真流氓。

　　　小惠是一个传统的家庭主妇，有一个老实本分的老公
　　和一个乖巧懂事的儿子。小惠的日子很简单，上班认认真
　　真工作，下班回家照顾老公和孩子。
　　　小惠有一个多年的好朋友，是她大学的校友李超。上
　　大学时小惠曾经暗恋过他，但那时他已经有女朋友了，小
　　惠也就把这份感情埋在了心底。毕业多年后，小惠在校友
　　聚会时又见到了他，两个人慢慢有所联系和来往。最近一
　　两年，他和小惠联系得更勤了，经常打电话聊天，偶尔还
　　出来坐一坐。
　　　在谈话中，小惠知道了他和老婆的感情不和，他说非
　　常后悔当初的选择，还说他知道小惠当年暗恋他，当时应
　　该选择小惠，一定会比现在过得幸福。对他的话，小惠开
　　始并不为所动，但架不住他一次又一次温柔地表白，小惠
　　有些心动了。但小惠并不想有所行动，因为她还非常在乎

她的家庭。

可是李超开始三番五次地找小惠诉苦，诉说自己婚姻的不幸福，还说自己想离婚，并问小惠："如果我离婚了，你愿意嫁给我吗？"

小惠没有回答，她不知道他说的是真是假，但她对他的感觉一直都在，现在，那份深埋心底多年的感情开始有些蠢蠢欲动了。在这份心情的撩拨下，小惠和他越走越近，甚至突破了朋友的尺度。

世上没有不透风的墙，这事儿没多久就被小惠的老公知道了。老实巴交的老公忍受不了小惠的出轨，和她离了婚，并带走了孩子。

失去了家庭的小惠当然非常伤心难过，但她心中还有一丝安慰，因为她起码还有李超，她等着李超离婚来娶她。但奇怪的是，自从她离婚后，李超来找她的次数越来越少了，甚至再也不来找她了，他消失了。

这下小惠可着急了，她托同学找到了他，把他约了出来，问他："我已经离婚了，你什么时候离婚？什么时候能和我结婚？"

第 五 章

    李超支支吾吾地说:"我一时半会儿离不了婚,她不肯离,你别等我了,找个比我更好的人吧。"说完,李超就走了。

    小惠站在那里半天才反应过来,她没想到这就是她等待的结果。失婚又失恋的小惠顿时像变了一个人一样,班也不去上了,天天在家郁郁寡欢,闷闷不乐,食不下咽,夜夜难眠,痛苦的心情实在难以排遣,最终她吞食了安眠药……

    小惠的这位男闺蜜是真正的密友吗? 不! 他是一个伪君子,是一个小人,一个流氓,一个玩弄感情的人,就是这样的一个人毁了小惠的家庭,毁了小惠的幸福生活,甚至使小惠失去了健康的身体和心灵——他真的是一服"毒药"!

    小惠遇到了一个毒药似的男闺蜜,当然很不幸。女性朋友们若想让自己"不得病",避免和小惠一样的遭遇,就要远离那些毒药似的男闺蜜。哪些是毒药似的男闺蜜呢? 当然就是那些伪密友——花花公子、情场浪子、伪君子、小人、流氓、玩弄感情的人。

    这些毒药似的男闺蜜,有些很容易辨别,他们一到你身边就带着一股"毒味儿",让你心生厌恶,恨不得立刻从他身边逃开。例如那些满嘴黄色笑话,动不动就对女人"咸猪手"的男人;或者不务正业,天天带着你去酒吧、迪厅，打架滋事甚至服食摇头丸的男人。这些男闺蜜会使你的生活糜烂不堪，使你健康的身心受到毒害。这样的男闺蜜是显而易见的一服"毒药"。

还有一些毒药似的男闺蜜就不那么容易辨别了，这种"毒药"的外表裹着一层糖衣，在你刚吃起来的时候是甜的，甚至越吃越甜，还会让你越吃越上瘾，但吃到最后你却发现那是苦的、是有毒的，但为时已晚，毒性已经在你身上起了作用，甚至已经侵入你的五脏六腑。这种不易被察觉的、剧毒的"毒药"就是那些温情脉脉的伪君子、道貌岸然的真小人。他们披着一层羊皮，但实际上是一匹狼，就像小惠的男闺蜜李超。

女性朋友们若看到那些显而易见的"毒药"，要毫不犹豫地远离他们，同时还要学会辨认这些外表裹着糖衣的"毒药"，细心观察，留心防范，千万不要误食了他们。光防范还不够，对这些毒药似的男闺蜜，女人自身还要有一定的抵抗力：不要看到帅哥就忘乎所以，不要听到甜言蜜语就找不着北，不要看到他风度翩翩就心动不已，不要看到他才华横溢就盲目崇拜。如果你能提高自身的免疫力，这些外表裹着糖衣的"毒药"很难侵入你的身体。

有些女性朋友看到这里会说："这些毒药似的男闺蜜太可怕了，

我还是不要交男闺蜜了。"那你就有些矫枉过正了。

完全不必过于担忧和悲观！

因为这世界上大多数人是好人，坏人总是少的，所以，大多数女人的男闺蜜都是一服"良药"，你完全可以放心大胆地服用。

那么，什么样的男闺蜜是一服"良药"呢？品行端正，工作勤奋，追求理想，真诚善良，言行一致，言谈举止懂得把握分寸，爱护他的家庭也懂得尊重你的家庭，即和你走得很近又懂得和你保持距离，不玩暧昧，不搞诱惑，生活方式健康。这样的男闺蜜一定是一服有益于身心健康的"良药"，这样的"良药"女人要多服用，一服、两服、三服……多多益善。

看到这里，我们开始的疑问也许已经得到解答了：男闺蜜果真是一服"药"，有的是"良药"，有的是"毒药"。"良药"要大胆服用，"毒药"要坚决弃之；要学会辨认什么是"良药"，要增加对"毒药"的免疫力、抵抗力。做到这些，女人就可以轻松把握与男闺蜜之间的关系！

"怎么办？我好思念我的男闺蜜。"

思念，是人共有的情感。有人可思念是件幸福的事情，无人可想倒是有几分悲哀。尤其是对感性的女人来说，心中有思念之人会让自己过得充实、活得踏实，而且活得满足。但是，并不是所有的思念都能给我们带来快乐和幸福，例如思念了不该思念之人、思念了不思念自己的人，尤其是这份思念只能停留在思念，无法付诸行动，更无法拥有思念的那个人时，这份思念就成了一种苦涩的情感，一种痛苦的折磨，一种令人无法言说的痛……

对于女人来说，思念自己的亲人、恋人、老公、孩子和朋友，都是一种再正常不过的情感了。就算思念自己的男闺蜜也很正常。密友和我们朝夕相处，为我们排忧解难，和我们分享喜怒哀乐，所以，当密友不在我们身边时，这份深厚的感情会让我们惦念，这个好朋友会让我们思念。

但是，思念的程度总是有区别的：有淡淡的思念，也有浓浓的思念；有闲暇时的偶尔想起，也有白天夜晚的不停思念；有一边吃喝玩乐、

第　五　章

正常工作一边思念，也有食不下咽、夜不能寐的思念。每一种思念都
是正常的，但如果这份思念安插错了对象，那就有可能不正常了。

　　对于父母、孩子、老公，我们常有着浓浓的思念，因为父母和
孩子与我们血浓于水，老公和我们"执子之手，与子偕老"，对他们
的思念总是那么深、那么重。但如果对朋友呢？对自己的男闺蜜呢？
我们可以有这么深、这么重的思念吗？我们可以想他想得发了呆，
忘了时间吗？我们可以想他想得辗转反侧、吃不下饭吗？

　　如果你是单身女人，如果你的男闺蜜也是自由之身，你们当然
可以这样思念。甚至，如果你的男闺蜜品行端正，也许经过一段时
间之后，你们还会成为一对情侣，开出美丽的花朵。

　　但是，如果你已经为人妻、为人母，你还可以想他想得流下眼泪、
忽视老公的存在吗？当你的思念已经到了这种程度时，我要说，不！
不可以！你如此思念一个男闺蜜，这是不正常的。

　　是的，你也知道这是不正常的，如此思念一个不是老公的异性，
这是不正常的。但是，思念来袭，你也没办法，你也在问自己："怎
么办？我好思念我的男闺蜜。"你对这种思念也无能为力、无力抗拒，
因为你知道，你已经爱上了你的男闺蜜。

与 男 闺 蜜 建 立 最 准 确 的 关 系

　　小莲和高天是一对"青梅竹马"的朋友，感情特好，从小到大都腻歪在一块儿。也许是太熟悉了，以至于两人都忘了彼此性别的不同，偶尔的"打情骂俏"和"小亲昵"两人也从不往别处想，就当是同性之间的亲热。

　　工作后，两人关系依然密切，但是小莲从来没想过让高天做她的男朋友。小莲没这么想，可架不住别人这么想。首先是小莲的妈妈，小莲的妈妈知道她和高天整天腻在一起，就以为他们在谈恋爱。

　　小莲妈妈没事儿就催她："都认识这么多年了，也够了解的了，赶快把事儿办了吧。"

　　"妈，我们是朋友，没谈恋爱。"小莲赶紧解释，妈妈笑笑不理她。

　　不光妈妈误会，小区里的其他人也误会。因为小莲和高天在一起的状态和恋人的状态没什么区别。就连高天的家人也误会，尤其他姐姐、姐夫。高天现在天天待在他姐姐的咖啡店里，小莲有时会到咖啡店找高天，蹭咖啡喝。高天的姐姐每次都意味深长地冲他们俩笑，笑得他俩特尴尬。

　　或许是众人的煽风点火，或许是小莲也到了谈恋爱的

第　五　章

年龄，她看高天的眼神突然不一样了：这家伙长得蛮不错嘛，笑起来眼睛弯弯的，特好看特迷人。看着看着，小莲有些失神。"这家伙还有点大男子主义，很让人有安全感。""哎呀，"小莲想："我恐怕是爱上他了吧。可是，他是我的男闺蜜啊，我怎么可能爱上他呢？"

　　刚好这时候，高天要出差半个月。"半个月啊，"小莲想。他俩还从来没分开这么长时间过呢。在高天出差的这段时间里，小莲好像得了相思病一样，天天想着高天，干什么事儿都没劲。

很显然，小莲对自己的男闺蜜动心了，对高天的思念已经在不知不觉间侵入了她的心房。对一个情窦初开的女孩来说，对一对单身男女来说，产生这样的情感很正常。能成为女人男闺蜜的男人，必定是和自己很合拍的，身上有自己喜欢和欣赏的地方。所以，这样的男闺蜜具有男朋友的潜质，由男闺蜜的身份升职为男朋友的身份很自然、很正常。我们可以想象小莲的这份思念是甜蜜的、幸福的，但同时也会有些忐忑，因为她不知道高天对她是否也有着同样的思念。

　　但不管怎么说，这份思念是让人理解的，值得祝福的。但如果

226

与 男 闺 蜜 建 立 最 准 确 的 关 系

小莲是一位已婚女性，这样的思念该如何处理呢？这份对男闺蜜的爱慕之情该让人如何理解和接受呢？男闺蜜只能是朋友，你浓浓的思念和爱只能给老公，而不是男闺蜜。你若如此强烈地思念一个男闺蜜，你们之间的感情必然发生了质变，你们之间的关系也必然出现了偏差。

小欣有一个认识多年的男闺蜜，两人之间总是有说不完的话，不管聊什么总是那么默契，和他在一起，小欣感到轻松、自在。她感觉这个密友是世界上最懂她的人，虽然自己的老公也很爱自己，但不懂自己。

所以，她没事儿就约自己的密友出来坐一坐，聊聊天。小欣的老公也知道她有这么一位好朋友，也曾经见过这位密友，并不介意他们之间的来往。和木讷、乏味的老公比起来，小欣觉得这位密友充满了魅力，和他在一起的时光快乐而幸福。

偶尔不见面的时候，小欣对这位密友还有着淡淡的思念。但随着时日的增加，小欣觉得这份思念变得越来越强烈，她渴望每天都能见到他，听到他的声音。她知道她对密友

第 五 章

的感觉已经不仅仅是好感，而是爱慕了。

　　但是，怎么办？她有家庭，密友也有家庭，这份思念注定无法表白，无处释放，这份思念甚至不该有，因为她知道，密友很爱他的老婆，对自己仅是朋友之情。这种无处安放的思念让小欣备受折磨，她渴望见到密友，但见到了却不像以前那样可以坦然面对了……

"怎么办？我好思念我的男闺蜜。"当我们面对一份无法肯定的感情或一份不该拥有的感情时，我们都会发出这种无力的询问。小欣也知道这种思念不该有，但是她却对此无能为力。因为感情不受理智的控制，它不打招呼地就来了，而且赶也赶不走。

　　可是，这份思念带给小欣的不是甜蜜和幸福，而是一种折磨，因为这份思念无处诉说、不能诉说，说了也得不到回馈，说了说不定会引起轩然大波。所以，她只能把这份思念放在心底，如果小欣是一个道德感至上的人，说不定她还会受到良心的折磨，因为这对她老公来说，也是一种情感上的背叛。

　　当你思念你的男闺蜜的时候，你的感情已经偏离了友情的轨道，你们之间的关系已经出现了错位。正是因为如此，这份思念才成了痛苦的折磨。不把握好你与男闰蜜之间的准确关系，你的感情就很容易跑偏。

所以，"怎么办？我好思念我的男闰蜜。"这个问题就有了答案。

感情没有对错，它的存在不受道德的约束，所以，我们不必过于谴责自己。但是我们也不能放纵自己，任这份思念泛滥，让它掌控自己的情绪，影响自己的生活，更不要试图想要拥有思念的对象——男闰蜜，因为在友情的国度里，他属于你，而在爱情的国度里，你不能越界。

请你试着让这份思念散去、淡去，如果你一时做不到，请远离这个思念的人，给自己一点时间和空间。也许，这个过程很痛很痛，但你必须戒除这个"毒品"，否则只能在地狱里越陷越深。

其实，这些道理你都明白的。你要学着成熟起来，而不是永远感情用事。一个成熟的女人应该知道如何控制自己的情感，尤其是情感的走向。把握好你和男闰蜜之间的情感走向，才能建立你与男闰蜜之间最准确的关系。否则，你的生活只能被这些关系所撕碎。

第六章

老公在左，男闺蜜在右

老公和密友，孰轻孰重？老公和男闺蜜是我们
生命中不可缺少的两个男人，拥有他们，我们的人
生更丰富，更有质感。老公在左，男闺蜜在右，这
是我们期盼的最佳人生。

第 六 章

切记，你的老公不是男闺蜜！

每个女人的心中，都有两个重要的情感国度：在爱情的国度里，唯一的男人是老公，他是我们生命中最重要的一个男人；而在友情的国度里，则有很多朋友，男闺蜜是其中的一个，还是最重要的一个朋友。

老公和男闺蜜是我们生命中最重要的两个男人，但是，这两个男人在我们心目中的地位却是不一样的，我们给予他们的待遇也是不一样的。我们和男闺蜜的关系再好，感情再深，也不能把他等同于老公来对待。同样，也不能把老公等同于男闺蜜。

如果我们混淆了和他们两个人之间的关系，或者模糊了他们两人的定位，那就要出现问题。比如我们对男闺蜜太好，男闺蜜会发生误会，老公心里也会打翻了五味瓶；如果我们慢待了老公，像对待男闺蜜那样总是有点距离，老公更是要胡乱猜疑。

老公就是老公，老公不是男闺蜜，这一点我们要切记。

我们和男闺蜜可以忽远忽近，若即若离，但对老公却不可以；我

老公在左，男闺蜜在右

们可以忙的时候把男闺蜜忘记，有时间的时候才去找他，但对老公却不可以。老公不是男闺蜜，不是等我们想起来的时候才惦记的，我们要把老公时时刻刻都放在我们心里，牵挂、疼惜。

对待男闺蜜，我们只能给予友情，关系再好也只是彼此的朋友，他在我们生命里可能只占了几分之一；而老公是我们一生的爱人，是我们生命的唯一，是我们生命的全部，甚至比我们自己都重要。

失去男闺蜜，我们还可以再交到另外一个男闺蜜，而失去老公，也许我们再也找不到一个像他这样爱我们和让我们爱的人。所以，男闺蜜虽难觅，但失去了只是可惜；而老公更难寻，失去了会让我们痛惜。

所以，我们要时刻提醒自己，老公不是男闺蜜，我们不能像对待男闺蜜那样对老公过于放松、随意、无所谓，我们必须对老公付出更多的时间和精力。

小容刚刚二十出头，但已经结婚了。因为年轻，她爱玩的心还很重。老公工作忙碌，没时间陪她，她总是和自己的一帮朋友出去玩，特别是和自己的男闺蜜李航，经常隔三差五地就出去吃饭、唱歌。

第 六 章

　　有一次，小容和李航还有其他几个朋友去旅行，出去了好几天。回到家后，看到老公闷闷不乐。小容以为是因为自己没给老公买礼物，就说："旅游点的礼物都是敲诈人，太贵了，我什么也没买，再说了，你什么都不缺啊，我也不知道给你买什么。"

　　老公却淡淡地说："我不是要礼物。"

　　"那你是因为什么不高兴了？"

　　老公默默不吭声，小容也猜不出来。

　　过了几天，小容见到李航，跟他说起这件事。李航问："你平常关心你老公吗？"

　　"关心啊。"

　　"你和我说说你都是怎么关心的。"

　　"我……"小容一时语塞，好像她也没怎么关心过老公。

　　李航又问："你出去旅游那几天，每天给你老公打电话吗？"

　　"没有啊，他倒是给我打了几次。"

　　"怎么不打呢。"

　　"回来不就见着了吗？老打电话干吗啊，我跟你不见面的时候也没有经常打电话啊。"

"这就是你的不对了。我和你老公是不一样的，你多少天不和我联系，我都不会生气，你想不想我，我也不会在意，见面了咱们依然是好朋友。但你老公就不一样了，你出去将近一个星期都不给人家打电话，他肯定认为你心里没他，不在乎他，不挂念他，他肯定不高兴了。"

"哦，原来是这样，我对待所有的朋友都是一样的，和你的距离也很近，和老公的距离也是这么近，看来，我对待老公要比你这位男闺蜜更亲近些，否则老公要失落了。"

的确，老公不是男闺蜜，我们和老公的距离要更近些，对待老公的态度要更亲近些，我们必须要把老公和男闺蜜区别对待，要把老公的重要位置凸显出来，让他看到我们更在乎他，更爱他。

所以，我们对待老公的方式和对待男闺蜜的方式也是不一样的，有哪些不一样呢？

首先，不要拿老公和男闺蜜相比。

第 六 章

　　也许你的老公不如你的男闺蜜帅气、能干、有才华……但不要拿他和你的男闺蜜相比，不要在他面前夸耀你的男闺蜜如何如何优秀、如何如何能干，令你老公的自尊心和面子受损，让你的老公误以为你对他不满意，甚至因此引起口角。

　　在心里不舒服时，你的老公很可能会冲口而出："你觉得他好，跟他过去。"这话一出口，难免引起夫妻二人的战争。男闺蜜再优秀，他属于别人，老公是自己的。所以，自己的老公就是最好的，即便不是，你也要对自己有这样的暗示，因为他是你挑选的，只有这样你和老公之间的感情才会更好。

　　如果你的男闺蜜没有你的老公优秀，也不要拿他们两个人相比，省得让你的老公骄傲自满，洋洋得意，认为你嫁他"嫁得赚了"，对你不够珍惜。

　　其次，老公不是男闺蜜，请别拿对待男闺蜜的方式对待你的老公。

　　也许你的男闺蜜是你的发小、是你的同学，你习惯了和他肆无忌惮，乱开玩笑，但你却不能这样对待你的老公。老公有他的性格、他的喜好、他的生活方式，你必须用适合他的方式和他相处，也必须给他一定的尊重。朋友之间说错话了，可以嘻嘻哈哈，一笑而过，因为朋友没有那么在乎你，所以对你会更宽容、更纵容，但老公可能不会，你是他千挑万选的爱人，他对你自然更挑剔，所以，你对他的言谈举止不该像对待男闺蜜那样随意。

再次，分清楚友情和爱情的区别。

我们从来就没有刻意去寻觅过友情，因为友情总是在人生的某一段不经意被我们收获；从来不用费心去经营友情，因为友情的来去和存在都是那样随意和自然，我们很少会担心失去男闺蜜。

所以，我们有时间才会去找男闺蜜，没时间就会把他搁置一旁；我们有了烦恼、需要帮助时才会去找男闺蜜，开开心心时我们会忘记这位男闺蜜；我们和男闺蜜的关系有时很近，有时好像又很远。但不管怎样，男闺蜜都不会在意，不会生气，就算你们好久不联系，再见面依然亲密。

但你能这样对待你的老公吗？你不睁大眼睛去寻觅，你能找到这个和你相守一生的人吗？你如果不好好去经营和老公之间的感情，这份感情会一直如初，不冷却、不变化吗？你如果有那么一段时间不理老公，老公会不感到被冷落吗？他的心里能不感到郁闷吗？

显然不能！

第 六 章

　　老公和任何人都不一样，爱情和任何一种感情都不一样：你得到的那一天就紧张兮兮，担心有一天会失去；你拥有时也如履薄冰，担心有一天会有变化。所以，你对待老公必须更在乎、更珍惜，更讲究相处的方式。别太大意，别太随意，因为老公不是男闺蜜，他比男闺蜜更容易失去，也更不容失去。

老公放轻松：
男闺蜜只是密友

女人有男闺蜜，谁最紧张？女人的老公。自己的老婆和别的男人经常接触，任何一个男人都不可能对此毫无芥蒂，何况这个男人有可能比自己更帅、更优秀、更有才华、更会说甜言蜜语。这更让老公们如坐针毡，心神难安，某些心眼小的男人甚至容不得这个密友的存在，不仅会怒斥自己的老婆：远离这个男人！还会找这个男人大打出手，甚至闹出人命。

其实，老公们真的是反应过激了。虽说任何事情都要"防患于未然"，但也不能把没有的想象成有的，把还未发生的事情想象成一定会发生的，把单纯的友情想象成暧昧甚至是肮脏的感情，更不该轻易地怀疑自己的老婆。这种怀疑不仅是对自己老婆的一种不信任，更是对两人感情的一种伤害。

老公们为何有这样的反应？其原因无非有四点。

其一是对自己的不自信。不自信的男人才会担心自己没有足够的魅力把老婆留在身边，才会担心他人会抢走自己的老婆。

其二是心态不健康。不相信男人和女人之间有单纯的友情存在，不相信自己的老婆和密友之间是单纯的友情，不相信男闺蜜是健康阳光的。

其三是心胸不够宽广。某些老公开始还是能够接受自己的老婆拥有男闺蜜的，但奈何这种想法不够坚定，听不了周围朋友的闲言碎语、指指点点，也受不了自己的老婆长期拥有一位男性朋友，所以最终还是无法容忍自己的老婆拥有男闺蜜。

其四，就是太爱自己的妻子。在他们看来，一个异性的出现，必然会让妻子的内心出现波澜。一旦妻子和他走得太近，自己的地位就会降低。

老公们的担心和紧张并非毫无道理，这在某种程度上也是一种对自己老婆、对自己家庭的在乎。但凡事不可过度，过于紧张、反应过激不但对夫妻的感情、两人的家庭没有任何帮助，还会把原本一个好好的家庭毁于一旦，使好好的夫妻感情分崩离析。

老公在左，男闺蜜在右

　　小林婚前就有一个男闺蜜。在和老公薛冰结婚后，她并没有割断与这位密友的联系。因为是多年的朋友，有很多事情她都会和密友交换看法，两人也有共同的朋友圈子，所以走得很近。

　　在小林结婚前，老公就知道这位密友的存在，也没多说什么。结婚后，老公的态度却变了，说什么你已经结婚了，就不要再和其他的男人来往过密了，最好是断了来往。这让小林很不能接受，她说："我们这么多年的朋友，怎么可能说断就断。"

　　小林的态度也引起了老公的极度不满，这个口口声声说爱她、尊重她的男人，开始变得小肚鸡肠、疑神疑鬼。小林只要晚一点回家，他就质问小林去哪里了，和谁在一起。甚至偷偷查看小林的手机。偶尔，小林的密友也会来小林家，小林的老公就一脸的不高兴，说话夹枪带棒讽刺人，小林的密友被弄得莫名其妙，只好悻悻地走了。

　　小林对老公的做法异常气愤，但老公却觉得自己没错，并再次要求小林和密友断绝来往，说不想给小林背叛他的机会。老公的话让小林非常失望，她说："你这是对自己不

241

第 六 章

自信，你有被害妄想症，我要是和他有什么早有了，还能
嫁给你吗？"

小林的话激起了老公的暴怒，他打了小林。自此两个
人的关系开始恶化，吵架、冷战频繁发生。无奈，小林提
出了离婚，这彻底激怒了她老公。在小林提出离婚的第二天，
小林接到了来自她密友家里的电话，说她的密友被她老公
用刀子捅了，差点没命。在小林密友家人的告发下，小林
的老公进了监狱。

这是一个本不该发生的故事。一件子虚乌有的事情毁了一个家
庭，影响了三个人的命运，毁了三个人的幸福，特别是小林的老公
为此陷入了牢狱生涯，失去了自由，这对他是多大的打击和不幸啊。

是什么原因造成了这样的后果？就是小林老公的狭隘心理。他
不能正确看待男闺蜜，也不能容忍小林有男闺蜜。其实，只要小林
的老公仔细地想一想，就完全不必有这样的担心。

小林和她的男闺蜜早在小林结婚之前就已经认识，如果两人真
的有男女之情早就发生了，不会等到小林结婚后再有什么苟且之事。
而且，小林的老公早就认识小林的男闺蜜，他们结婚后这位密友还

242

大大方方去他们家里，如果两人之间真的有什么猫腻，敢这么光明正大吗？

所以，小林的老公完全是主观臆断，胡思乱想，小题大做。正是他这种不正常、不健康的心理导致了这样悲惨的结果。

生活中还有比这更悲惨的故事。

小琴和老公刚刚结婚，两人一起在远离家乡的一座城市工作。有一天晚上，小琴接到了好朋友张磊的电话。张磊是小琴的老乡，也是她大学的同学，两人关系一直都很密切，堪称密友。张磊约她出去，说来了几个同学，大家一块儿聚一聚，小琴在电话里答应说："好，马上去。"

小琴的老公问："这么晚了，干吗去？和谁一起出去？"

小琴说："和张磊，还有其他的几个同学，一起聚一聚。"

谁知老公坚决反对她出去："什么同学聚会，我看就是你和张磊私自约会！你现在已经是我老婆了，不准再去和其他男人约会，尤其是这个张磊。"

小琴说："你真是无理取闹。"说完不顾老公的阻拦就出门了。

第 六 章

晚上，同学聚会结束，同学们都走了，张磊送小琴回家。两个人一边聊天一边往小琴家里走，刚走到小琴家附近，就看到小琴的老公目露凶光站在那里，两个人还没有任何反应，就看见小琴的老公快步走过来，从身后拿出一块砖头朝着张磊的头狠狠地砸去，张磊应声倒下了……

小琴的老公逃之夭夭，张磊被送到医院后抢救无效死亡。

小琴的老公因涉嫌故意伤害罪并致人死亡，被判处死刑。

这个故事的结果更悲惨，因为小琴的老公不信任她和男闺蜜之间的友情，导致两个人失去了生命，这个代价太大了。

嫉妒、不信任、胡乱猜疑竟然有这么严重的后果。

由此，女人的老公们也可以得到启发：不要对自己的老婆有男闺蜜这件事感到过于紧张，也不要无端地猜测。密友就是密友，他只能是密友，你应该相信并承认男女之间有纯洁的友情。你的过度紧张和过激反应会把原本属于你的幸福生活毁掉，甚至毁掉三个人的幸福。

有时候，你越是紧张、越是在乎一个人、一件事，反而更容易失去。坦然一些、自信一些，给自己的老婆多一份信任、理解和宽容，老婆反而更信任你，依赖你，你也更容易把老婆留在身边。

老公在左，男闺蜜在右

感情就是这样的，信任是双方的。也许老婆在和男闺蜜相处的过程中，会有心思抛锚的时候，但你如果一如既往地信任她、理解她、关怀她，她也许会把那颗将要离开你的心收回来；相反，如果你一味地怀疑老婆、指责老婆，打击报复老婆或老婆的男闺蜜，那就是把本来属于你的老婆从你的身边推走。

同一件事情，就看你怎么处理。智慧的男人应该很淡定地看待这件事情：既然老婆选择了你作为她一生的伴侣，你必定有你的优势；既然老婆选择了另一个男人做她的男闺蜜，他必然有他存在的价值。所以，你们各自有各自的位置，他不可能威胁到你的存在，你也不必介意他的存在。

老公应该感到幸运和幸福，别的男人再优秀，也只能停留在男闺蜜的位置，而你却成了老婆的终身伴侣，你拥有法律的保护和道德的拥护，有什么可紧张的呢？所以，请老公放轻松，男闺蜜只能是男闺蜜，这是很难改变的事实。他和老婆的关系再密切，终究密切不过你；他在老婆的心目中再重要，终究重要不过你。这样一想，你的心情就轻松了。

第 六 章

左手老公，情牵一生

在女人的生命中，谁是我们永远无法舍弃、无法离开、情牵一生的人？父母吗？他们总有一天会衰老，离你而去；儿女吗？他们总有一天会长大，挣脱你的怀抱；兄弟姐妹吗？他们终究有自己的生活，无法永远陪伴你；朋友、同学、同事吗？他们终究会和你分道扬镳；邻居、路人吗？更不太可能。即便是男闺蜜，他也不可能永远陪伴你。

只有一个人，会永远对你不离不弃。头发白了，牙齿掉了，耳朵聋了，步履蹒跚了，他还陪在你身边；春夏秋冬，人生四季，他始终牵挂着你，你也始终牵挂着他。这个人就是你的老公——你的终身伴侣。

"终身"，这世界上还有什么东西可以打上"终身"的烙印，或许只有伴侣，只有和伴侣之间的情感。两个毫无血缘关系的人要陪伴彼此一路走下去，除了以情感作为纽带，别无其他，这种情感如果不够坚定、不够厚重、不够浓烈，根本无法对彼此做出"终身"的承诺。

所以，女人们，请心无旁骛地牵着老公的手走下去。无论密友

246

多么优秀、多么帅气，他也只能占据你生命中极小的比例。而你的老公，从你们走进婚姻殿堂的那一刻起，就要赖上你一辈子。

有这么一则小故事，也许你曾经听过。

一位教授做了一个实验，请一个同学在黑板上写下与自己有关的人物，有多少就写多少，然后，把自己认为对自己不重要的人全划去，最后只留下一个。

一名女同学走到黑板前，她在黑板上写下了很多人，然后一个一个地划，划到了最后，只留下了几个人：朋友、父母、孩子、老公。

教授让她继续划下去，她想了想，划掉了朋友。再让她划，她痛苦了很久，终于举起颤抖的手，划去了父母。教授示意他继续划，她又纠结了很久，眼泪都快要掉下来了，终于划去了孩子。

黑板上只留下了一个人：老公。

是的，让这个女同学做这样的抉择确实很残忍。父母、孩子都是和我们有血缘关系的人，我们却不得不放弃他们，因为即使不放弃，

第 六 章

他们早晚也会离开我们。只有老公才能陪我们走完一生，所以，我们必须把他留下。

这个故事说明什么，最让女人难以割舍、情牵一生的人只有她的老公。如果这个故事还不足以说明问题，我们再来看看下面这个故事。

小敏和老公结婚五年了，生活过得非常幸福，他们的日子令周围的朋友们羡慕。为什么呢？因为小敏找了个好老公，他不但对小敏温柔体贴，还非常能干，事业上非常成功，给小敏提供了衣食无忧的生活。所以，小敏非常感谢命运的垂青，不但给了她一个爱她的老公，还给了她一份优越的生活。

但天有不测风云，人人都有不顺的时候。小敏老公的生意在一夜之间垮了，店铺关门了，车子卖了，所有的积蓄都拿去还债了，就连他们现在住的房子也岌岌可危。小敏一下子有些措手不及，她没想到自己和老公的命运会这么快就急转直下，难道是老天爷也妒忌他们过得太幸福？

更让小敏没想到的是，老公在这个时候向她提出了离婚，理由是：他已经不能给她幸福的生活，他不能让小敏跟着他吃苦。小敏当然不能接受这个理由。"夫妻本是同林鸟，大难临头各自飞"，这从来就不是她的观念和理论，她一直都认为夫妻就应该同甘共苦。所以，她坚决不答应离婚。

就在这时，小敏的男闺蜜向她表达了爱意。他说他爱慕小敏已经多年，既然他的老公已经无法给她幸福了，又已经向她提出了离婚，就请小敏接受他的照顾。男闺蜜也在这个时候扰乱她的生活，这更让小敏没有想到。她连连拒绝和摇头。她和老公是多年的情感，从白手起家一直到现在，怎么可能说散就散，尤其是在老公最难的时候，她怎么可能弃他而去。

小敏卖掉了他们的房子，还清了债务，打消了老公离婚的念头，和老公租了一间小房子，各自找了一份工作，又开始了他们简单但很满足的生活。她觉得他们的感情比任何时候都要好，都要牢固……老公，是她永远的牵挂……

这个故事让我们感动，其实小敏若在那个时候离老公而去，谁也不会说她什么，毕竟老公已经向她提出了离婚，而且，又有男闺蜜追求，她完全可以选择一种更轻松的生活。但她没有这样做，为什么？老公令她不舍。她知道，老公之所以要和她离婚并不是不爱她，而是因为爱她而不愿意拖累她，所以，她更不能离老公而去。她和老公之间是一份浓浓的爱，是这份浓浓的爱使她放不下老公。

伴侣是这个世界上最复杂的关系，也是最简单的关系，复杂到需要很多条件才能走到一起，简单到只需要爱就可以相守一生；是这个世界上最坚固的关系，也是最脆弱的关系，坚固到任何磨难、任何打击都不能够使他们分开，脆弱到一点诱惑、一点变故就会让两人劳燕分飞。

正因为如此，"伴侣"这个词才充满了魅力，才值得我们花一生的时间和精力去追求。拥有一个爱人不仅是一种幸福，更能让人得到成就感。

为什么这么说呢？

我们从一出生就拥有了亲情。因为血缘的关系，亲情不需要刻意去经营，亲人把所有的爱给了你，并不在意你是否回报。如果真的要什么回报的话，那就是要你好好地活着，幸福地活着。亲人是打断骨头还连着筋的情感，无论世事如何变迁，他们永远不会离开你。

还有另外一种情感也需要我们珍惜，那就是友情。从我们刚刚懂事时，我们就开始有了友情。朋友为你的开心而开心，为你的悲伤而悲伤，他们会为了你两肋插刀，但也可能会出卖你。友情有时候也是一种利益关系。

老 公 在 左 ， 男 闺 蜜 在 右

　　只有爱情显得那么与众不同，你的前半生和这个人没有一点关系，但你的后半生却和他紧紧联系在一起，甚至是为了他而存在。他的所有全属于你，却又不全属于你；他会把所有的爱全给你，但也可能随时会收走他的爱。

　　这是一种复杂的、扑朔迷离的关系，值得你用一生的时间去探究；也是一段让你牵肠挂肚一生的情感，让你用一生的时间去经营。同甘共苦，相濡以沫；执子之手，与子偕老；愿得一心人，白首不相离……这么多优美的词句，都是形容伴侣的。

　　当父母老去，当孩子离去，只有伴侣在身边不离不弃。拥有一个相守一生的爱人不仅需要福气，还需要运气。所以我们才说，拥有一个爱人不仅是一种幸福，更是一种成就。

　　老公，是情牵一生的情感，是需要我们一生用心经营的情感，拥有极其难得，失去却极其容易。所以，别让任何因素影响了这份情感，也许你的密友比老公更好，但未必比你的老公更合适你，别因为密友忽视了老公的存在，忽略了老公的感受，牵着老公的手，莫要轻易松开，这份感情，将使你牵挂一生。

第 六 章

右手男闺蜜，一路同行

"朋友一生一起走……"这是周华健的歌。为什么那么多人喜欢这首歌？因为它唱出了我们的心声。女人一生有很多朋友，但不是每个朋友都能成为我们的男闺蜜，也不是每一个朋友都能够陪伴我们一路同行。

男闺蜜在女人的生活中究竟有多重要？他当然不可能像老公那样令我们情牵一生，不可能在我们两鬓斑白时还时刻陪伴我们左右，但他也有可能在漫漫的人生路上始终与我们同行。有一些朋友，从小陪伴我们长大，看着我们走进婚姻、走向暮年，这其中也许有一个就是自己的男闺蜜。

男闺蜜也许没有老公那么亲密，但有时却比老公更让人有安全感。因为爱情往往是双刃剑，会给你带来莫大的幸福，也会给你带来极大的伤害，爱人一点点的言语闪失都会让你委屈难过。但对朋友你不会这么挑剔，你对朋友的包容度更高，因此，朋友也更容易相处。爱人会背叛，但朋友出卖你的可能性则相对很小。

老 公 在 左 ， 男 闺 蜜 在 右

因此，有男闺蜜陪伴，我们的人生旅程会多一分轻松和惬意。没有老公的日子，我们的生命犹如一个黑洞，令人惶恐不安；而没有男闺蜜的日子，我们的生命则缺少了几分色彩。

男闺蜜虽然不是伴侣，却是我们最好的朋友，你可以对他撒娇，也可以听听他的甜言蜜语；你可以跟他开不着边际的玩笑，不用担心他会生气；你还可以在伤心时抱着他痛哭不已，鼻涕眼泪都擦到他身上也没关系；你可以和他像闺蜜一样一起疯一起闹，不用担心有人会怀疑你们的友谊。他会陪你走过坎坷和心酸，永远在你身后的某处守候你。

女性的性别气质和大脑构造决定了她们天生就是感性的动物，需要更多的关怀、交流和情感表达。所以，我们不仅需要闺蜜，还需要男闺蜜。对于女性的心理来说，男闺蜜就像是一服良药，能让人心情开朗，精神振作。

在如今的社会，女性的社会压力、家庭压力越来越大，在社会上要和男人一样打拼，在家里又要担负起相夫教子的重任，对外要塑造"上得厅堂下得厨房"的好太太形象，竞争压力、生存危机、情感纠葛、年龄危机……我们面对的压力越来越多，女人需要宣泄、需要倾诉、需要支撑和帮助，更需要心理的疏导。这些需要老公不可能一个人全

第 六 章

部承担，闺蜜也没有能力完全应付，心理咨询师也不可能随时待命，所以男闺蜜就应运而生。男闺蜜的流行，是时代的需要。

　　老公是我们生命中最爱的男人，但这个最爱的男人却有可能在人生的旅途中离开我们，因为爱情会变，而我们和朋友之间如果没有大的冲突，这份友情基本上不会发生变化。也许老公离开我们的时候，正是男闺蜜陪在我们身边，陪我们度过人生中最寒冷的冬天。

　　小玫离婚了。她一个人带着女儿一起生活，又要忙工作，又要照顾女儿，真的有点分身乏术，而她的父母年岁已高，身体不是太好，也不能经常帮她照顾女儿。幸好她的发小建伟能时常帮她的忙。小玫和建伟一起长大、一起上学，后来各自谈恋爱、结婚成家，结婚后，两人依然是彼此最要好的异性朋友。

　　谁知小玫婚后没几年，她的老公就有了外遇，而且要和小玫离婚。遭受这样打击的小玫欲哭无泪，痛苦不堪。得知消息的建伟怒火中烧，他见不得小玫被别人欺负。他找到小玫的老公打了他一顿，算是为小玫出了口气。

老 公 在 左 ， 男 闺 蜜 在 右

　　小玫离婚后，生活过得异常艰难，没有地方住，怀着痛苦的心情带着孩子四处找房子，还是建伟帮她的忙，一边安慰她、鼓励她，一边帮她找房子，帮女儿找幼儿园，一切帮她安排妥当。当时小玫心里不知道有多感激、多感动。要不是建伟陪着她，她不知道能不能挨过那段日子，这个朋友可比亲人、爱人都有用。

　　这些年，建伟帮小玫接送孩子，帮她照顾父母，很多人都以为建伟就是她的老公，也确实有人对他们的关系指指点点。小玫心里特别不安，怕这样引起他人的误会，特别是怕引起建伟老婆的误会，影响他的家庭。

　　建伟却对她说："你放心吧，小玫，咱俩的关系她又不是不知道，我都跟她说过很多次了，咱们多少年的朋友了，她不会误会的。"

　　这话让小玫更感动了，这个朋友从童年就陪伴她，一直到现在还守在她身边，将来还会继续陪着她走完以后的路。这个朋友比爱人、比亲人陪伴她的时间都长，真正是她一路同行的人。

第　六　章

　　小玫是不幸的，因为老公离开了她，但她同时又是幸运的，因为有男闺蜜陪着她。在她的内心感到最孤寂、最寒冷、最无助的时候，在她生活最需要帮助的时候，是男闺蜜带给她的温暖支持着她。在这个时候，友情的力量是巨大的。

　　老公是我们心里一生牵挂的那个人，但这个人有可能会伤害我们，也有可能在人生的旅途中离开我们。但男闺蜜不会背叛我们，虽然不像老公那样令我们魂牵梦萦，但却让我们更有安全感。

　　这就是友情和爱情的区别，这也是友情比爱情更让人欣慰的地方。相比起爱情来，友情显得简单，它不用我们刻意去追求，也不用我们苦心去经营，更不用我们费尽心思去维系。它自然地来，自然地存在着，可以存在很久，甚至陪伴你一生。

　　也许你的男闺蜜是你的发小，从光屁股的童年陪你到迟暮；也许你的男闺蜜是你的同学，从意气风发的少年陪你到知天命；也许你的男闺蜜是你事业上的伙伴，从举步维艰的小公司和你一起打拼天下。你的男闺蜜就这样和你一路同行，陪你度过人生的风风雨雨和灿烂阳光。

　　所以，老公令我们情牵一生，而男闺蜜和我们一路同行。

　　有些朋友会在人生旅途中的某一段舍我们而去，有些朋友会在

老 公 在 左 ， 男 闺 蜜 在 右

人生的旅途中不小心和我们失散，只有密友能和我们保持紧密的联系，在我们的生命灿烂时为我们锦上添花，在我们的生命黯淡时为我们雪中送炭。

也许他不会像老公那样能在我们生命中打上深深的印记，但在我们心里却永远有他的位置。他始终关注着我们的一举一动，在我们需要喝彩时为我们鼓掌，在我们需要支持时给我们鼓励，在我们需要帮助时毫不犹豫地伸出援手，在我们人生的每一刻、每一段或许都有他的参与。

他甚至比老公陪伴我们的时间都长。老公在青年时期才走进我们的生活，但男闺蜜很可能在童年时就和我们"青梅竹马"。我们在老公面前要收敛自己的缺点，但在男闺蜜面前却可以放肆无度，因为男闺蜜早就熟知了我们的糗事，习惯了我们的缺点，在这种情况下还能成为我们的密友，那才是真正的"铁瓷"。

所以，男闺蜜有可能是赶也赶不走，打也打不散，砍也砍不断的。这种友情是如此坚固，无论人生路上是风风雨雨或是风平浪静，他都和我们一路同行。

第 六 章

老公在左，男闺蜜在右，我们的最佳人生

对于女人来说，什么样的人生是最好的人生？顺心的工作，疼爱自己的老公，乖巧的孩子，衣食无忧的生活和健健康康的父母，这样的人生是最完美的人生吗？当然还不够。人的一生应该更丰富，亲情、友情、爱情都能够拥有，而且长期拥有，快乐地拥有，这样的人生才是更加完美的人生。

对大多数女人来说，老公是我们一生的伴侣，陪伴我们走过人生的四季，无论生活是苦还是甜，他都牵着我们的手不离不弃。没有了老公的陪伴，我们的步履会变得沉重，我们的旅途会变得寂寞，我们甚至变得没有勇气走下去。

老公陪着我们从青春年华到两鬓斑白。年轻时，他就像是我们的一只手，失去他我们会痛心疾首；年老时，他就像我们手中的一根拐杖，没有了他我们无法走路。有了老公的陪伴、爱情的滋润，我们的生命才有了光彩。

但是，老公再爱我们，也不能满足我们所有的情感诉求，我们的

老 公 在 左， 男 闺 蜜 在 右

生命同时也需要友情的灌溉；老公对我们再好，也不可能 24 小时陪伴我们，也不可能解决我们生活中遇到的所有问题。我们的生活同时需要男闺蜜的填充。老公是我们生命中不可缺少的伴侣，男闺蜜是我们生活中不可缺少的旅伴。老公在左，男闺蜜在右，这才组成了我们的最佳人生。

老公固然是我们生命中最重要的男人，但正是因为如此，我们不能把所有的情感都寄托在老公身上，因为未来充满太多变数，今天信誓旦旦爱我们一生一世的老公，明天就有可能违背诺言离我们而去。所以，如果我们把所有的情感希望都寄托在老公身上，那是不够的，也是危险的。

为了不使自己在失去老公的时候精神世界猝然崩塌，我们的生命中应该有其他的情感支撑，而友情、亲情是构筑我们情感世界的重要部分。男闺蜜的友情在我们失去爱情时支撑着我们，男闺蜜在我们感到绝望时给予我们希望和力量。

现代女性越来越独立，我们不会单纯依赖一种情感而生活，爱情和友情都只是我们生活中的一部分。我们的精神世界也越来越丰富，友情和爱情对我们来说缺一不可。老公在左，男闺蜜在右，这堪称我们最完美的生活。

第 六 章

　　小芳是一位活得很滋润的女子，有自己喜爱的事业，疼爱自己的老公，听话懂事的女儿。老公不仅是她生活的伴侣，也是她的良师益友。家庭、孩子照顾得很妥当，使小芳省心不少，生活上、工作上的事情也总能给她指点一二。

　　但更幸运的是，小芳不仅有位良师益友型的老公，还有一位良师益友型的密友——她的上司老顾。

　　几年前，小芳刚从大学毕业来到这家公司上班，老顾是她的上司。整整一个月，老顾只让她干些杂活，开始小芳还默默无闻、认认真真地干，时间久了，小芳急了，总不能让她一直打杂吧。她去找老顾，希望能给她更重要的工作。

　　老顾眯着眼上下打量着小芳："你想要更重要的工作？你行吗？"

　　小芳顿时有一种被人瞧不起的感觉，她提高了嗓门吼道："你不给我机会，怎么知道我不行？谁一生下来就是什么都会干的？"

　　小芳这一嗓子把全办公室的人都吓住了，这架势是大家见所未见的，一个刚来的小女孩敢对顶头上司大喊大叫？但奇怪的是，老顾并没有生气，反而开始给她重要的工作做。

后来，小芳问老顾：为啥那时没骂她，反而给她更重要的工作做？

老顾告诉小芳，那一刻，让他想起了年轻时候的自己。

也许正是两人性格的相似，老顾越来越喜欢这个小丫头，而小芳也越来越欣赏老顾。慢慢地，老顾发现，这个小姑娘做事很有魄力，交给她的任务都完成得不错。这让老顾很意外，也就不再吝惜对她的指点和关照了，自己忙不过来的时候，就将重要的客户委托给她，在为人处世上，也将自己的经验传授与她。小芳进步越来越快。

家里有老公的照顾和呵护，单位有老顾的指点和帮助，小芳的生活过得特别舒心。老公知道小芳有一位男闺蜜老顾，老顾也知道小芳有一位好老公，两个人都在各自的位置上尽心尽力照顾着小芳。小芳也觉得，既有位好老公，又有位知心的男闺蜜，她日子真的过得很幸福。老公和男闺蜜，这两个男人对她来说，缺一不可。

第 六 章

　　小芳有位爱她的老公，又有位关心她的男闺蜜，对于女人来说，这样的人生是幸福的、幸运的。

　　一个人无论多么坚强、多么乐观、多么独立，都无法踽踽独行，总需要有人陪伴左右。因为人是一种情感动物，需要有人肯定我们，赞赏我们，关心我们，支持我们，爱我们。而对感情的需求我们是没有极限的，越多越好，因此我们需要亲情、友情、爱情……

　　所以我们活在这个世界上，不仅需要老公的陪伴，也需要男闺蜜的陪伴。他们或指点我们的工作方法，或启发我们的生活智慧；他们或与我们分享旅途中的快乐，或同我们一起度过旅途中的风霜，陪着我们走过艰辛情事与人世沧桑；一起经历这世界上的美好，一起经受这世界上的不堪。他们和我们一起成长，经历着所有的苦与乐、悲与喜，直到华发暗生，尘霜满面。

　　老公和男闺蜜就是陪伴我们走过这漫漫人生路的人，看看左边，是情深义重的老公，有了他的陪伴，我们的心里感到温暖、踏实、甜蜜；再看右边，是坦诚阳光的男闺蜜，有了他的陪伴，我们的心里感到轻松、快乐、满足。有了老公和男闺蜜的陪伴，我们的生活变得丰富而充实，也更有意义；有了老公和男闺蜜的陪伴，我们的内心变得更加勇敢，不再怕旅途的寂寞，更不怕旅途中会遇到的种

262

老 公 在 左， 男 闺 蜜 在 右

种险阻。

老公在左，男闺蜜在右，我们的路才走得更加顺利。老公和男闺蜜，他们有各自的位置，可以是朋友，也可以是陌生人。老公无需忌讳男闺蜜的存在，因为男闺蜜只能是男闺蜜；男闺蜜也别觊觎老公的位置，因为命运安排了你只能是男闺蜜。

老公和男闺蜜陪伴我们从每一个晨曦走向日暮，在自信的老公和坦然的男闺蜜中间，女人应该更加淡定，也应该是充满智慧的。只有这样的女人才能够轻松自如地"左右逢源"，才能够拥有老公在左、男闺蜜在右的最佳人生。

图书在版编目（CIP）数据

无色男女：女人专属的友情经营书 / 柏燕谊著 . —上海：上海三联
书店，2014.2
ISBN 978-7-5426-4247-9
Ⅰ.①无… Ⅱ.①柏… Ⅲ.①婚姻 - 通俗读物 Ⅳ.① C913.13-49

中国版本图书馆 CIP 数据核字（2013）第 128871 号

无色男女：女人专属的友情经营书

著　　者 / 柏燕谊
责任编辑 / 陈启甸　王倩怡
特约编辑 / 娜　日　申丹丹
装帧设计 / Metis 灵动视线
监　　制 / 吴 昊
出版发行 / 上海三联书店
　　　　　（201199）中国上海市都市路 4855 号 2 座 10 楼
　　　　　http://www.sjpc1932.com
印　　刷 / 三河市祥达印刷包装有限公司
版　　次 / 2014 年 2 月第 1 版
印　　次 / 2014 年 2 月第 1 次印刷
开　　本 / 640×960　1/16
字　　数 / 100 千字
印　　张 / 17.25

ISBN　978-7-5426-4247-9/I·724
定　价：24.80 元